Ludwig Fulda

Herostrat

Tragödie in fünf Aufzügen

Ludwig Fulda

Herostrat
Tragödie in fünf Aufzügen

ISBN/EAN: 9783743365520

Hergestellt in Europa, USA, Kanada, Australien, Japan

Cover: Foto ©Andreas Hilbeck / pixelio.de

Manufactured and distributed by brebook publishing software (www.brebook.com)

Ludwig Fulda

Herostrat

Herostrat.

Tragödie in fünf Aufzügen

von

Ludwig Fulda.

Dritte Auflage.

Stuttgart 1899.

J. G. Cotta'sche Buchhandlung Nachfolger

G. m. b. H.

Druck der Union Deutsche Verlagsgesellschaft in Stuttgart.

Perſonen.

Heroſtrat.

Timarete, ſeine Mutter.

Hegeſias.

Klytia, ſeine Enkelin.

Metrodoros
Thraſon } Mitglieder des Rates.

Eupeithes, Oberprieſter.

Praxiteles.

Dion
Menippos } Fremde.

Zoë.

Lyſilla.

Theonis.

Kallias
Diokles } Bürger.

Der Hafenwächter.

Ein Bewaffneter.

Prieſter und Prieſterinnen. Sklaven. Pilger. Schiffsleute.
Bewaffnete. Volk.

Ort der Handlung: Epheſos. Zeit: 356 v. Chr.

Erster Aufzug.

Freier Platz in Ephesos. Der Hintergrund wird fast ganz eingenommen von der achtsäuligen Vorderfront des Artemistempels; zu seiner ehernen Flügelthür führen breite Marmorstufen hinauf; an beiden Seiten ihrer Basis je ein Fackelständer. Dahinter felsiges Gebirge. Im Hintergrund links sieht man ein Stück des Hafens mit ankernden Schiffen. Rechts, von einem Hain umgeben, ein niedriges, schmuckloses Häuschen; davor eine Steinbank. Ganz vorn rechts kleine felsige Erhöhung mit ausgehauenen Stufen, die den Anfang eines in die Coulisse sich verlierenden Fußpfades bezeichnen. Vorn links, stark vorspringend, das Haus des Metroboros, mit zwei Thüren; eine in der dem Zuschauer zugewendeten Front, eine in der Seitenfront. Weiter hinten links, durch eine Straße davon getrennt, das Haus des Hegesias, mit einer offenen, zum Verkaufsraum dienenden Vorhalle, an deren inneren Wänden erzgetriebene Schilde, Waffen und andere kunstgewerbliche Gegenstände befestigt sind.

Erster Auftritt.

(Sonnenaufgang. Vielerlei) Volk (um die Stufen des Tempels, teils gelagert, teils in Gebetstellung. Aus dem Innern des Tempels schallt gedämpfte Musik. Im Hafen sind) Schiffer (mit der Ankettung und Ausladung eines — nur zum Teil sichtbaren — Schiffes beschäftigt). Herostrat (sitzt unbeweglich auf der Steinbank vor dem Häuschen rechts, mit dem Rücken gegen die Zuschauer, in den Anblick des Tempels verloren. Später eine Gruppe von) Fremden; (darunter) Dion, Menippos. (Dann) Hegesias.

Volk (feierlich im Chore sprechend).

Artemis, heilige Mutter des Lebens,

Thronend im goldig schimmernden Haus,

Strenge Richterin, göttlich erhabene,

Hochgefeiert von Joniens Töchtern

Und von des meerumspülten Hellas
Mutigen Söhnen,
Schirme die Stadt!
Schirme mit segenverstreuenden Händen
Deiner Kinder blühend Geschlecht!

(Dion, Menippos und andere Fremde sind in Reisekleidung vom Hafen
her aufgetreten und, überwältigt vom Anblick des Tempels, stehen
geblieben.)

Dion.

Ihr Freunde, seht! — Nun ist es erreicht!
Das Wunder der Welt, überschwänglich gepriesen
Von tausend und abertausend Zungen,
Der Artemis hochragendes Heiligtum,
Nun ist es erreicht!
Nun hebt es gewaltig im Frührot
Vor unserem fast noch zweifelnden Blick sich empor.
Lasset uns danken den unterirdischen Göttern,
Die uns freundlich bis heute das Leben gespart,
Damit wir Unvergleichliches schauen.

Menippos.

Glücklich die Stadt, die solchen Ruhm
Verbreitet über das Erdrund;
Glücklich ihre stolzen Bewohner!

Hegesias
(kommt aus seinem Haus, zurücksprechend).

He, sputet euch, ihr trägen Sklaven!
Soll das Alter euch junge Brut beschämen?
Neue Schiffe sind angelangt;
Scharen von Pilgern strömen herzu.

Wisset ihr nicht, daß Andacht gern sich vereint mit Kauflust?
Herbei die Tempelchen, die Götterbildchen
Aus Thon und Erz!

(Sklaven bringen während des Folgenden in die Vorhalle Miniatur-
statuetten der ephesischen Artemis, kleine Nachbildungen des Tempels u. s. w.
und stellen sie zum Verkauf aus. — Dion und Menippos sind, von
den übrigen abgesondert, etwas mehr nach vorn gekommen. Hegesias
begrüßt sie.)

Ihr Fremden, Artemis geb' euch Heil!
Ich wette drum, euch trägt ephesischer Boden
Zum erstenmal.

Dion.
So ist's, ehrwürdiger Greis.

Hegesias.
Wie nenn' ich euch mit Namen? Von wannen kommt ihr
Des Weges?

Dion.
Ich bin Dion, der Sohn Nikastors,
Und dieser hier des Aratos Sohn, Menippos.
Sikelische Flur hat uns ernährt; als Bürger
Bewohnen wir Syrakus, gleich jenen andern,
Die mit uns kamen im räumigen Kauffahrteischiff.

Hegesias.
Beim Hermes, ihr reistet weit.

Dion.
Uns trieb der Dämon.
Wohl dehnt sich prangend unserer Väter Stadt,
Und schwer von unseren Lieben war der Abschied;
Denn Keiner, der sich Wogen und Wind vertraut,

Weiß, ob er heimkehrt. Aber uns trieb der Dämon,
Zu schaun mit eigenen Augen
Das mächtigste Werk der schaffenden Menschenhand.
Und als nach langer, sturmvoller Meerfahrt
Wir heut im Zwielicht keimender Dämmerung
Steuerten aufwärts den Strom Kaystros,
Da schon aus der Ferne, purpurbestrahlt,
Wie ein Bergeshaupt, das den ersten Gruß
Der Sonne vorwegnimmt dem niederen Thal,
So, tausendfach dem ergriffenen Sinn
Vergütend Mühsal und Fährlichkeit,
Enttauchte der marmorne Giebel.

Hegesias.

Ja, Freund, wir wissen es, wir Ephesier,
Was uns die Fremden herbeilockt und ihr Geld.
Wallfahrer aus jedem Lande begrüßen wir
Jahraus jahrein. Es mischen Korinther sich
Mit Inselbewohnern, Sparter mit Phrygiern.
Vom heißen Strande des Nils, von Thraciens
Bereiften Bergen kommen sie; ja, sogar
Das aufgeblasene Volk der Athener,
Sich brüstend, als wären sie ganz allein die Welt,
Obschon ihr Parthenon unserem Tempel gleicht
Wie eine Mücke dem Elefanten,
Läßt sich herab und schicket uns Gaffer zu.
Doch ihr habt weislich die beste Zeit erwählt ...

Dion (ungeduldig).

Vergieb, wir ...

Hegesias.

Ganz unstreitig die beste Zeit.
Der Göttin Weihemonat hob kürzlich an,

Und jeder Tag ist Festtag. Wie wird euch leid thun,
Daß nur zwei Augen im Kopf ihr mitgebracht
Und euch nicht könnt verdoppeln, verhundertfachen!
Allüberall giebt's rauschende Lustbarkeit,
Dann gymnische Spiele, Reigen und Wettgesang,
Schauzüge, Wagenrennen und Gasterei'n,
Und heut im Tempel das liebliche Fest der Jugend ...
Da nimmt wohl jeder gern zur Erinnerung
Ein Stück ephesischer Kleinkunst mit zur Heimat;
Auch reichverzierte Waffen, eherne Schilde ...
Wenn ihr mein Lager betrachten wollt — kein andres
In Ephesos ist reicher. (Auf eine leicht abwehrende Bewegung Dions.)
Gewiß, es eilt nicht.
Nicht jetzt; doch später — später. Ihr könntet zwar ...

Dion (zum Tempel gewandt).

O sprich, wie hat ihn die Vaterstadt geehrt,
Den Halbgott?

Hegesias.

Von welchem Halbgott redest du?

Dion.

Von ihm, der dieses Wunder vollendete,
Dem großen Meister Paionios.

Hegesias.

Ach so, du redest von meinem Urgroßvater!
Mein Vater hat den Alten noch gut gekannt.

Menippos.

Du bist aus abligem Geschlecht.

Hegesias.

Ich bin's

Und herzlich dankbar dem wackeren Ahnen,
Daß er die Bürde der Arbeit sich selber auflud
Und mir den Ruhm und den hübschen Gewinn zurückließ.
Ja, sagt mir, konnte die Stadt ihn besser ehren,
Als da sie seinem Stamme das Erbrecht gab,
Den Tempel zu hüten, sorglich ihn auszuflicken
Und Handel zu treiben im heiligen Bezirk?
Wird bröcklig ein Quader, wer bessert ihn aus?
Nur ich, Hegesias.
Wird schadhaft ein Ziegel, wer stopft das Loch?
Nur ich, Hegesias.
Drum in der Werkstatt dienen mir viel Gesellen,
Die nebenher noch mit kunstgeübten Fingern
Den Zierat formen, den ich zum Kauf euch anbot.
Wenn ihr ihn jetzt ...

Menippos (nach dem Hintergrund zeigend).

Was aber begiebt sich dort?
Das eherne Thor des Tempels wird aufgethan ...

Hegesias.

Des Opfers festliche Handlung ist vollbracht.
Im Zuge naht, gesegnet vom Hauch der Göttin,
Die mannbare Jugend von Ephesos.

(Der Zug, aus dem Tempel kommend, bewegt sich nach vorn rechts, geht
dort die Stufen empor und rechts ab. Voran Trompetenbläser, die in
Zwischenräumen eine feierliche Fanfare ertönen lassen; sceptertragende
Herolde; Eupeithes, gefolgt von Priestern und Priesterinnen; die
Oberhäupter der Stadt, darunter Metrodoros; dann Jünglinge
und Jungfrauen, unter den letzteren Klytia. Das Volk im Hintergrund hat ehrerbietig Platz gemacht und strömt, wenn der Zug vorüber
ist, in den Tempel.)

Hegesias (zwischen den Fanfaren erklärend).

Seht, nun wallen sie hin zum heiligen Haine.

Dort, gerade hinter den Scepterträgern,
Geht Eupeithes, der Göttin Oberpriester,
Seiner dienenden Schar mit Ernst gebietend,
Dort im Feiergewand die hohen Ratsherrn.
Ihnen folgen, geschmückt mit frischen Kränzen,
Jünglinge, Jungfraun, immer ein Paar zusammen.
Manchen bräutlichen Bund wird dieser Tag noch
Stiften und weihen; denn so will's die Sitte.

Menippos (Klytia gewahrend).

Sprich, o Greis, wer ist die herrliche Jungfrau?
Stolzer, edler schreitet sie als die andern.
Glücklich der Mann, der sie zu seinem Herde
Führen darf.

Hegesias.

   Beim Zeus, das will ich meinen!
's ist mein Enkelkind, und Klytia heißt sie.
Merktet ihr nicht, wie mitten im Feiergange
Sie mir ganz vertraulich ein Blickchen zuwarf?

Menippos (halblaut wiederholend).

Klytia. —

Hegesias.

  Nun drängt sich das Volk zum Tempel.

Dion.

Habe Dank! Auch wir . . .

Hegesias (sie zurückhaltend).

    Ich will euch nicht halten.
Doch wenn ihr meine gerühmten Bildchen
Der echten ephesischen Artemis
Vorübergehend möchtet mit Augen streifen . . .

Menippos (halblaut zu Dion).

Wir werden ihn sonst nicht los.

Hegesias
(hat eine Statuette aus der Vorhalle genommen und zeigt sie).

Genau

Dem uralt heiligen Koloß,
Dem hölzernen, nachgeformt in Thon:
Mit vielen Brüsten, allmütterlich,
Das Antlitz strenge, das Haupt umrahmt
Von der Scheibe des Mondes, das starre Gewand
Mit Sphinren und Greifen und Widdern verziert.
Wohl nirgends in Ephesos findet ihr
So trefflich Gebilde.   Dergleichen vermag
Nur e i n e r zu schaffen. (Auf Herostrat weisend.) Ihr seht ihn dort.

Menippos.

Längst fiel er mir auf; denn regungslos
Verharrt er und scheinet gar selber aus Thon.

Hegesias.

Ein seltsamer Bursche von schwerem Geblüt,
Ein Grillenfänger, verstockt und verdreht;
Doch tüchtig vor allen in meiner Werkstatt.
Mit seiner erblindeten Mutter wohnt er
Im Häuslein dort, das die Stadt ihr geschenkt,
Nachdem sie den Gatten verloren im Krieg.
Jetzt könnte sie freilich ein größeres bauen;
Denn reichen Verdienst gewähr' ich dem Sohn,
Damit kein Geschäftsfreund mir ihn wegschnappt. —
Nun, wie gefällt euch sein niedliches Werk?
Ihr sollt es zum billigsten Preis . . .

Zweiter Auftritt.

Vorige. Klytia.

Klytia
(kommt hastig von rechts vorn, spricht zurück).

Laßt ab! Ich will nicht!
Nein, so gewinnt ihr mich nimmer!

(Die Stufen herabeilend, zu Hegesias.)

Hilf mir, hilf,
Großvater!

Hegesias.

Was giebt es?

Klytia.

Folgen sie mir nicht nach?

Hegesias.

Wen meinst du?

Klytia.

Die kecken Knaben bestürmten mich,
Mit Ungestüm versichernd, ich dürfe sie
Nicht auf ein weiteres Jahr vertrösten;
Den Bräutigam frei zu wählen sei mein Recht,
Doch nicht noch einmal dem festlichen Tag zu trotzen.
Und ich ...

Hegesias (Dion und Menippos zurückhaltend).

Ihr Freunde ...

Dion.

Wir kehren wieder.

Hegesias.

Bleibt!

Menippos (Dion fortziehend).

Komm schnell! Nicht länger will ich Klytia sehn;
Denn sonst vergäß' ich der harrenden Frau daheim.

(Beide ab in den Tempel.)

Dritter Auftritt.

Hegesias. Klytia.

Klytia (fortfahrend).

Die Flucht ergriff ich . . .

Hegesias (verstimmt).

Wie jene durch deine Schuld.
Ein vorteilhafter Handel war mir gewiß;
Du aber reißest die schon gepflückte Frucht
Aus meiner Hand . . .

Klytia (hat ihren Kranz vom Haupte genommen).

Und lege dir zum Entgelt
Den Kranz hinein, den unberührten.
Halt' ihn nur fest; so hältst du auch mich zugleich.

Hegesias.

Du thöricht Kind, warum denn verschmähtest du,
Die dornigen Rosen in Myrthen dir umzuwandeln?

Klytia.

Frag doch die Göttin selber! Sie liebt die Rosen.

(Ihm die Statuette abnehmend und zu ihr sprechend.)

Nicht wahr, o Artemis, dich erzürnt' ich nicht?

Den Jungfrauen bist du hold; nur ihnen gewährst du,
Dir nah zu sein, und schüttest in ihren Schoß
Unschuldiger Freuden goldenes Füllhorn aus.
Allmutter du, mit eifersüchtiger Liebe
Behütest du deine Töchter und gönnst sie nicht
Dem dreisten Manne, der sie dir rauben will;
So viele du hast, nicht eine möchtest du missen.
Und dieser hat ein einziges Enkelkind
Und gäbe sie willig her. O, straf ihn doch!

Hegesias.

Sie strafte mich schon durch meinen Geschäftsverlust.
Nun aber ins Haus!
Mir brächte sonst fürwahr noch größeren Schaden
Der unbewachten Gesellen Müßiggang!
(Zu Herostrat hinüberrufend.)
Heda! 's ist Zeit zur Arbeit. Herostrat! —
Ei, hört er mich nicht?

Klytia.

So laß ihn. Du kennst ihn ja.
Er fördert in einer Stunde dir mehr als jene
Den ganzen Tag.

Hegesias.

Ein unverdaulicher Bursch.
(Beide ab ins Haus.)

Vierter Auftritt.

Herostrat. Timarete.

Herostrat
(aus seiner Erstarrung halb erwachend).

Rief da nicht jemand?

Timarete (erscheint auf der Schwelle des Häuschens).

Herostrat!

Herostrat.

Warst du es,
Mutter?

Timarete.

Willst du mich führen, mein Sohn?
Zwar find' ich den Weg zum Steinsitz auch allein;
Doch deine Hand zu finden vermag ich nur,
Wenn sie mir ein wenig entgegen sich streckt.

Herostrat.

So komm!

(Er führt sie zu der Bank.)

Timarete (sich setzend).

Im Hause sucht' ich nach dir umsonst.
Wenn du dem Lager zur Nachtzeit schon entfliehst,
Wer soll mir verkünden, ob der Tag emporstieg?
Dein Gruß allein ist Mond und Sonne für mich.

Herostrat.

's ist heller Morgen.

Timarete.

Mir sagten's die betenden Stimmen.
Du aber bliebst dem Feste der Göttin fern?

Herostrat.

Sie hörte die Stimme des Einsamen oft. Ihr Fest
Vermeid' ich.

Timarete.

Und meidest den Schlaf.

Heroſtrat.

Der meidet mich.

Timarete.

Mein Sohn, weshalb verſchließeſt du mir dein Innres? —
Hoffſt du mir zu verbergen, was du verſchweigſt?
Vergebliche Hoffnung. Mein blindes Auge
Sieht ſchärfer dein Herz, als du den Morgen ſchauſt.

Heroſtrat.

Was quälſt du mich dann, erforſchend, was du weißt?
(Plötzlich ausbrechend.)
O, wär' ich fort, weit fort! O Mutter, Mutter,
Den Anblick, ich ertrag' ihn nicht länger mehr!
Das Höchſte ſtündlich vor Augen, und ſelber niedrig,
Ohnmächtig klein; Unſterblichem gegenüber
Und ſelbſt vergänglich, ruhmlos, ein Schatten, ein Nichts . . .

Timarete.

So dürfte dich keiner vor mir ſchmähn als du.

Heroſtrat.

Die Jahre haſten dahin, und ich . . .

Timarete.

Du ſammelſt
Verſchwiegene Kraft, gleich jenen öſtlichen Blumen,
Die ſpät, nach vielen unſcheinbaren Sommern,
Dann aber in doppelter Herrlichkeit
Den Kelch erſchließen.

Heroſtrat.

Und manche verwelkt zuvor. —
Gedenkſt du jenes Tages — ich war ein Knäblein,
Noch ängſtlich trippelnd, geklammert an dein Gewand —
Da man die Kunde dir brachte, daß mein Vater,
Verteidigend unſere Heiligtümer,

Vorn auf der Brust empfangen die Todeswunde
Von einem persischen Speer?

Timarete.

Des Tages gedenk' ich;
Ich habe sein gedenkend mich blind geweint.

Herostrat.

Hier vor den Tempel führtest du mich
Und sprachst in Thränen: Kind, gewinne dir Ruhm!
Des Vaters würdig, der für den Ruhm der Stadt
Sein Blut hinopferte, Kind, gewinne dir Ruhm!
Ich aber kniete vor Artemis' Altar
Und lallte mit kindischen Lippen: Erhabene,
Gewähre mir Ruhm!

Timarete.

Sie wird ihn gewähren. Gerecht
Ist Artemis. Des Vaters frühen Verlust
Wird sie dem Sohn ersetzen und mir, der Mutter,
Die nur noch lebt in Hoffnung auf deinen Triumph.

Herostrat (leidenschaftlich).

Du sollst ihn erleben, du sollst, und meine Thaten
Verherrlicht hören vor allem Volk!

Timarete.

Ich weiß es.

Herostrat.

Und leuchtend soll sich meines Wirkens Spur
Eingraben in viele Herzen!

Timarete.

Zumal in eins.
Glaubst du, daß ich ihn nicht erlauschte,

Den Namen, den in grabstiller Nacht
Dein Mund verlangend flüstert?

Herostrat (heftig).

O schweig!

Fünfter Auftritt.

Vorige. Klytia.

Klytia
(mit einem Körbchen voll Trauben aus Hegesias' Haus. Sie spricht
zurück).

Großvater, ich mahn' ihn dir.

Timarete (aufhorchend).

War's Klytia nicht,

Die eben sprach? — So klänge die Morgenröte,
Wenn sie mit einer Stimme wär' begabt.

Klytia.

Ich grüße dich, Timarete; jedoch zum Fest
Geziemt ein besserer Gruß als eitle Worte.
Von unserem Weinstock bring' ich den Erstling dir:
Die schönsten Trauben, behutsam ausgesucht.

Timarete (das Körbchen entgegennehmend).

Hab Dank, o Mädchen. Ich glaube dir, daß sie schön sind.
Wie sehr beneid' ich den Sohn, der sie erblickt
Und dich erblickt, die schönere Spenderin.

Klytia (leicht errötend).

Ihn mahnen soll ich, den Säumigen . . .

Herostrat.

Daß er wieder

Fortfahre, das Große verkleinernd nachzustümpern.

Klytia.

Im Kleinen groß, du bist es.

Herostrat.

Im Großen klein.

Timarete.

O Klytia, gönn' auch ihm ein Festgeschenk,
Die Wolke des Zweifels verscheuchend von seiner Stirn.
Du hast es leichter als ich: du kannst ihn anschau'n
Mit einem Blick voll Sonne.

(Herostrat will sie führen.)

Laß nur.

Ich kenne den Weg; den deinen verfolge du.

(Sie geht mit tastenden Schritten ins Häuschen zurück.)

Sechster Auftritt.

Herostrat. Klytia.

Klytia (nach einer kleinen Pause).

Du schaffst ihr Sorge.

Herostrat (unwillig).

Bin ich ein krankes Kind?

Klytia.

Du bist ein ungebärdiger Mann. — — Kommst du
Zur Werkstatt?

Herostrat.

Nein, ich will nicht, will nicht!

Klytia.

Wert schätzt dich der Greis.

Herostrat.

Wie viele Drachmen wohl
Schätzt er mich wert? Er hat sie gewiß gezählt.

Klytia.

Willst du ihn schelten, daß er des Vorteils denkt,
Der ihn erhält und uns?

Herostrat (sie bei der Hand fassend).

Schau dort! Schau dort!
Sein Ahnherr war's und deiner, der solches schuf,
Und er kann leben, kann atmen,
Kann rechnen, feilschen und wurde nicht gelähmt
Vom Riesenschatten dieses Gewaltigen?
Fühlt nicht den schweren Eisenschritt,
Mit dem ein Unsterblicher ganze Geschlechter
Der Nachgebornen unter die Füße stampft?

Klytia.

Ei, Herostrat, wir atmen im heitren Lichte;
Wir freuen uns des Atems; wir schlürfen
Die tauige Luft, den frischen Seewind ein
Und möchten mit dem großen Paionios
Nicht tauschen; denn er ist tot, wir sind lebendig.

Herostrat.

Du irrst; er ist lebendig, und wir sind tot.
Denn leben heißt: auf andere wirken,
Sie fesseln, erschüttern, begeistern, sie heiß entflammen
Zum Streite des Für und Wider, vielleicht sie quälen,
Doch allzeit gegenwärtig in ihrem Geist,
Wenn auch von ihnen getrennt durch Meer und Länder
Und durch Aeonen der gefräßigen Zeit.

So lebt uns Homer, und so lebt Phidias;
So leben die Heldon, und wenn die Handvoll Asche,
Die von den sterblichen Leibern übrig blieb,
Sich längst unkenntlich im Wirbelwind
Mit eines Bettlers Staub vermengte,
Sie wandeln in ewiger Jugendkraft dahin!
Wir aber sind tot; kein weithin tönendes Zeugnis
Verrät, daß uns die Mutter geboren;
Kein Denkmal, das wir selber gegründet,
Erzählt von unserem Sein, und sterben wir,
Dann ist es, traun, als wären wir nie gewesen.
Drum würf' ich meiner Jahre Rest
Jauchzend von mir wie nichtigen Tand,
Wenn ich nur einmal, einmal nur
Nachfühlen dürfte, was dein Ahn gefühlt,
Als er da droben in Wolkeneinsamkeit
Den Schlußstein legte zu seines Namens Dauer!

Klytia.

Du Thor, so wenig ist dir die Jugend wert?
Steig einmal erst hinunter zu den Schatten
Und frage Paionios und Phidias
Und frag' Homer, ob sie nicht jauchzend
Hinwürfen die Dauer ihres Namens,
Wenn heute sie wieder, Jünglingen gleich,
Mit Jungfraun dürften den Hain durchstreifen,
Mit rüstigen Freunden bekränzte Becher heben
Und fassen, halten Hand mit warmer Hand.
Was kündet ihr Wirken, als daß sie die Welt geliebt,
Das Leben, die Jugend so glühend geliebt wie ich?
O, könnt' ich doch Welt und Leben und Jugend

Mit silbernen Ketten ins Netz mir schmeicheln
Und immer sie hüten und nimmer sie lassen!

Herostrat.

Du Neidenswerte!

Klytia.

Neidest du mir,
Was auch für dich erreichbar, sobald du willst?

Herostrat (bitter).

Sobald ich will?

Klytia.

Sieh, Herostrat,
Ich mein' es dir gut — auch deiner Mutter — euch beiden.
Es kränkte mich, daß du heut beim Fest
Den Platz an meiner Seite Jüngeren,
Nicht Besseren, willig überließest.
Sie sprachen begehrend zu mir; ich mußte fliehn.
Und du . . .

Herostrat (gequält).

Laß mich! O Klytia, laß mich!

Klytia.

Wohl denn, ich gehe. —

Herostrat.

Geh nicht!

Klytia.

Bald ist der Festmond
Verrauscht, und wieder ein träges Jahr
Muß schwinden, bevor er von neuem anhebt.
Warum der lieblichen Sitte folgst du nicht,
Wenn sie dich ruft? Warum vermeidest du

Spiel, Freude, Tanz und lachenden Müßiggang,
Als wären sie deine geschworenen Feinde?

Herostrat.

Sie sind es, Klytia.

Klytia.

Nein, du kennst sie nicht.

Herostrat.

Doch, doch! — Was marterst du mich! Was rüttelst du
Am dreifach ehernen Panzer,
Den mühsam ich geschmiedet um diese Brust!
Er darf nicht brechen! Mit ihm zerbräche zugleich
Mein Stolz, mein Selbst ...

Klytia.

Ihr unverständigen Männer!
In schwerer Rüstung keucht ihr den Berg hinan
Und glaubt, die Blumen am Wege harren,
Bis ihr zurückkehrt aus frostigen Höh'n.

Herostrat.

Ich ...

Siebenter Auftritt.

Vorige. Hegesias.

Hegesias (aus seinem Haus).

Kind, wo bleibt er? Versprachest du mir denn nicht ....?

Klytia.

Großvater, hier ...

Hegesias.

Ja, hier; beim Hermes, ich merk' es!
Jedoch weswegen nicht dort — in meiner Werkstatt?

Verlust und wieder Verlust! Treib' ich die andern
Mit spornender Rede zur Arbeit an,
Dann maulen sie gar, und vorlaut schwatzt mir der eine
Von Herostrat: „Erst rufe den Herostrat!
Lustwandeln darf er, indes wir stöhnen und schwitzen.
Dünkt er sich besser als wir?" — (Zu Herostrat.) Hast du's
                                        vernommen,
Saumseliger Mensch? Wer zahlt dir pünktlich den Lohn?
Und welchen Lohn, ihr Götter! Du hättest bereits,
Wenn du nicht pflichtvergessen die Zeit verthan,
Ein halbes Artemisbildchen geknetet.
Scheinst du dir unersetzlich und glaubst, ich könnte
Nicht einen anderen suchen?

Herostrat.

                Such' ihn heut!
Du selber hast das lösende Wort gesprochen;
So kamst du meinem eigenen Wunsch zuvor.

Hegesias.

Je nun, nicht gleich so hitzig, Freund!
Dir sei noch einmal verziehn, wenn du nur jetzt
Voll Reue . . .

Herostrat.

            Wahrlich, Reue, bittere Reue
Nagt mir das Herz, wenn ich bedenke,
Daß Jahr für Jahr in niederem Frondienst
Ich meine Kräfte vergeudet!

Hegesias.

                Bist du toll?
Sag, Klytia, ist er toll?

Klytia.

Wenn Ehrgeiz Tollheit,

Dann ist er's gewiß.

Hegesias.

Ehrgeiz, ihr himmlischen Götter!
Nach welchen höheren Ehren geizt er noch?
All meine Gesellen beneiden ihn . . .

Herostrat.

Von Meistern
Will ich beneidet sein!

Hegesias.

Von was für Meistern?
Sprichst du von solchen, die mehr des Lohns dir bieten
Als ich?

Herostrat.

Leb wohl!

Hegesias.

Halt, Rasender! Laß dir sagen:
Was andere zahlen, beim Zeus, das kann ich auch.

Herostrat.

Für Persiens Schätze nicht verkauf' ich mehr
Die Freiheit, zu formen, zu schaffen,
Was mir gefällt.

Klytia.

Denk deiner Mutter!

Herostrat.

Ich thu's.

Hegesias.

So höre doch nur . . . Still! Da kommt Metroboros.

(Metrodoros ist im Gespräch mit Eupeithes schon kurz vorher hinter dem Häuschen rechts hervortretend sichtbar geworden. Er hat sich nun von Eupeithes, der in den Tempel geht, verabschiedet und ist nach vorn gekommen.)

Achter Auftritt.

Vorige. Metrodoros.

Hegesias (ihm entgegen).

Heil dir, erlauchter Ratsherr!

Metrodoros
(hat Klytia und Herostrat flüchtig zugenickt).

Sei gegrüßt.
Dich eben sucht' ich, o Freund Hegesias.

Hegesias.

Mir Ehre zugleich und Freude. (Zu Herostrat, halblaut.)
Du wirst dich besinnen.
(Zu Metrodoros.)
Zu deinem Dienste bereit! Sag, was befiehlst du?
Beliebt dir im Gärtchen meines Hauses
Vielleicht ein philosophisches Gespräch
Vom Werden, Vergehen, von dem Unendlichen,
Vom Kreislauf des Feuers? Zwar wenig begreif' ich davon;
Doch gerne hör' ich dir zu.

Metrodoros.

Wer Philosoph ist,
Der soll es in jedem Augenblick bewähren;
Heut aber bedarf der Ratsherr deines Rats.

Hegesias.

So sprich!

Metrodoros.

  Ein seltsam Geschehnis, bedrohlich fast,
Ward mir soeben berichtet vom Oberpriester
Der Artemis. Als die Tempeldienerinnen
Mit heil'gen Gewändern das große Standbild
Der Göttin schmückten zum Fest, da zeigte sich
Im Holz ein klaffender Sprung vom Scheitel abwärts.

Hegesias.

Das wundert mich nicht. Morsch wurde das Holz vor Alter.

Metrodoros.

Morsch und ehrwürdig zugleich. Drum wird das Volk
Ein göttliches Zeichen in diesem Vorfall sehn.
Eupeithes aber gestand mir listig lächelnd,
Wie sehr willkommen den Priestern solch ein Anlaß,
Mißtrauen zu schüren gegen die Häupter der Stadt.
Denn ob wir gleich die Pflege des Heiligtums,
Das unser Stolz und Ruhm ist, mit Eifer betreiben,
Den Priestern genügt es nicht; sie wollen nicht nur
Opfer und Weihgeschenke, sie wollen die Herrschaft.
Ausstreuen werden sie drum, die Göttin zürne,
Weil ihrer Diener Macht zum Vorteil des Ganzen
Nach langem Zwiste wir weislich eingedämmt,
Und solche Deutung befürchtend, komm' ich nun
Zu dir, dem Hüter des Tempels. Der Sprung im Holze
Bleibt nicht verborgen; wir selber müssen bedacht sein,
Das Volk zu beruhigen, wenn es ängstlich
Nachsinnt und grübelt, was Artemis begehre.

Hegesias.

Nichts leichter als das, mein teurer Metrodoros.

Metrodoros.

Du meinst . . .?

Hegesias.

Haha! Was Artemis begehrt?
Fragt euch das Volk dergleichen, so gebt zur Antwort:
Die Göttin begehrt, daß man ihr morsches Standbild
Mit kunstgeübten Händen wieder flickt.

Metrodoros.

Wahrhaftig, Freund, es war unmäßig bescheiden,
Als du geleugnet, ein Philosoph zu sein.

Hegesias.

Das ist die Philosophie des guten Geschäftsmanns.
Ich flicke das Standbild, und ihr bezahlt dafür.
Je mehr ihr bezahlt, nun, um so besser für euch;
Stolz könnt ihr dann vor Priestern und Volk verkünden:
Kein Aufwand dünkt uns für Artemis zu groß.

Metrodoros.

Vortrefflich! — Ein Handel von allgemeinstem Vorteil.
Jedoch getraust du dich, das bröckelnde Bildnis
In würdigem Glanze wiederherzustellen?

Hegesias.

In kürzester Zeit und durch die bewährteste Hand.
Vor deinen Augen steht der Künstler,
Der wie kein andrer in Ephesos geschickt ist,
Dies Werk zu leisten. Was sagst du, Herostrat?
Vergelt' ich Böses mit Gutem? Ein solcher Auftrag
Läßt dich gewiß dein trotziges Wort bereu'n.

Herostrat

(erst allmählich aufmerksam geworden, ist zuletzt dem Gespräch mit wachsender Spannung gefolgt).

Verrechne dich nicht! Ich würde mich lieber aufs neue
Lossagen von dir, als dieses Gebot vollziehn.

Hegesias.

Wie? Was? Kein rühmlicher Ziel ward je gesetzt!
Du willst das größte, verehrteste Heiligtum
Der Stadt nicht flicken?

Herostrat.

Niemals!

Hegesias.

Beim Zeus, er frevelt!

Metrodoros.

So nenn' uns den Grund für deine Weigerung!

Herostrat.

Ihr frevelt, ihr! Denn kleinlich mißdeutet ihr
Den Sinn des göttlichen Zeichens, das unverkennbar
Uns allen kundgiebt, was Artemis begehrt.

Metrodoros (spöttisch).

So hilf uns doch mit deiner tieferen Weisheit,
Den Frevel zu meiden.

Herostrat.

Hat eure Weisheit,
Ihr Häupter der Stadt, so selbstvergessen
Sich mit ephesischem Krämergeist vermählt,
Daß ihr nicht ahnt, wie sehr erworbener Ruhm
Der Flamme gleicht, die langsam hinstirbt,
Wenn stetige Sorgfalt nicht sie nährt und schürt?
Soll man erzählen, daß eurer Schöpfungen Pracht

Im Kerne verfault und eure Größe geflickt ist?
Die Göttin will in ihrem gepriesenen Haus,
Dem marmorprangenden, fürder nicht
Als Bettlerin dastehn, will nicht, daß die Stadt,
In der sie herrschend waltet seit grauer Vorzeit,
Von anderen Städten beschämt wird und verdunkelt.

Metrodoros.

Von welchen Städten sprichst du, Verwegener?
Bis heute glaubt' ich, daß Ephesos mit jeder
Sich kecklich messen darf.

Herostrat.

    Blickt nach Athen!

Klytia (träumerisch wiederholend).

Athen!

Hegesias.

Gelbschnabel, Athen beneidet uns ...

Herostrat (auf den Tempel deutend).

Weil ihm zu seinen unzähligen Wundern
Dies eine fehlt. Ihr aber errötet nicht
Vor solchem Neid, weil euch dies eine genug ist!

Hegesias.

Leichtgläubiger, warst du jemals in Athen?
Du hörtest nur, was attische Prahlsucht
Dreist von sich selber aussprengt. — Doch ich war dort!
Zwei volle Monde, vor nun bald vierzig Jahren,
Lief ich dort kreuz und quer. Mit klopfendem Herzen
War ich gekommen und fuhr enttäuscht zurück.
Denn erstens: wir kleiden uns besser, und zweitens: die Küche ...
Und drittens: die Frauen! ...

Metrodoros.

Und viertens die Philosophie.
Für jeden attischen Weisen nenn' ich sechs
Ephesische, mich selber nicht mitgezählt.

Herostrat.

Wen aber kannst du nennen für Phidias?
Wen für das frisch erblühende Meistergeschlecht,
Das neue Zweige vom alten Lorbeer pflückt?
Für all die Namen, die der junge Ruhm
Mit starkem Fittich über das Meer uns zuträgt?
Mit welchen leuchtenden Werken der Bildnerkunst
Habt ihr Athen verdunkelt? O, zeigt sie mir!

Metrodoros (lächelnd).

Nun wird mir deutlich, wohin du zielst.

Herostrat.

Nicht ich!
Die Göttin selber, da sie das Holz gesprengt,
Rief euch gebietend zu: dem herrlichsten Bau
Der weiten Erde gebührt das herrlichste Standbild,
Das je von sterblichen Augen ward erblickt.

Metrodoros.

Das alte Bild ist heilig.

Herostrat.

Man mög' es verwahren
Im innersten Tempel mit anderen Heiligtümern.
Doch sichtbar dem Opferspender, den großen Altar
Gewaltig überragend, soll das neue
Sich prangend erheben in Gold und Elfenbein.

Hegesias.

Verräterei! Mir läuft er plötzlich davon
Und will arglistig zu eignem Gewinn
Die Stadt verstricken in schnöde Verschwendungssucht!
Ich aber frage Götter und Menschen:
Ist nicht gut aufgebessert so viel wie neu?

Metrodoros.

Das Göttliche ruht im Glauben und nicht im Stoff;
Doch irdisches Ansehn lebt von äußerem Schein.
Deshalb . . .

Hegesias (eifrig).

Nun reden wir hin und her, mein Teurer,
Und haben den Schaden noch nicht einmal besehn!
Komm mit zum Tempel! Ich bin fürwahr begierig
Und möchte schwören: Eupeithes übertrieb.

Metrodoros.

Geh nur voraus. Ich folge.

Hegesias (Klytia beiseite nehmend).

Klytia, sag' ihm:
Er hat die Wahl; entweder Verdoppelung
Des Lohnes oder grimmige Feindschaft. (Ab in den Tempel.)

Metrodoros (zu Herostrat).

Dem Rate der Stadt erwüchs' aus deinem Vorschlag
Vielleicht gediegene Frucht. Du sprachst nur aus,
Was ich im wägenden Geist schon lang beschlossen.
Gieb meinem Gedanken Form! Entwirf das Bild!
Denn gleichwie Lämmer dem überlegnen Hirten
Folgt mir die Ratsversammlung. — (Nach vorn links deutend.)
Hier ist mein Haus.

Besuche mich morgen! Wir sprechen darüber
Ein mehreres noch ... Wie nennst du dich mit Namen?

Herostrat.

Du fragst mich heute zu früh danach.
Ich will dir meinen Namen nennen,
Sobald ich Gewißheit habe, daß du niemals
Ihn wieder vergessen wirst.

Metrodoros.

Gut denn, auf morgen!

(Ab in den Tempel.)

Neunter Auftritt.

Herostrat. Klytia.

Herostrat (mit ausgebreiteten Armen).

Dank sei dir, Artemis! Dank! Dank!
Mein brünstig Gebet hat dich erreicht!

(In anderem Ton.)

Und morgen kommen Zimmerleute
Mit Axt und Spaten und richten hinterm Häuslein
Der Mutter meine eigene Werkstatt auf!

Klytia.

Ich sollte, der Kindespflicht gedenk, dir grollen
Und freue mich doch an deiner Freude mit.

Herostrat.

O Klytia, der Tag der Entscheidung kam!
Wonach ich gerungen im Knabentraum,
Wonach ich die Jünglingsjahre verseufzt:

Ein erhabenes Ziel für die schaffende Hand —
Nun steigt es herab; nun winkt es mir zu,
Glorreiche Gewährung verheißend!

Klytia.

Nie hat dein Auge so hell geleuchtet.

Herostrat.

Es leuchtet im Glanze der künftigen That!
Dir will ich's vertrauen: jenes neue Standbild,
Seit meiner Kindheit thront es in meinem Innern
Und sproßte, wuchs und reifte mit mir zugleich.
Erschien es im Geiste mir endlich groß genug,
Beim Anblick des Tempels sank es immer wieder
In sich zusammen und war zu klein, zu klein!
Heut aber hat die Stimme der Göttin selbst
Zum Werke mich entboten; durch meinen Arm
Will sie dem Volke sich offenbaren
In neuem, schreckhaft überirdischem Prunk,
Dem alten Bilde nur ähnlich im strengen Ernst,
Doch weit es übertreffend an Kraft und Adel,
Auf ungeheuerem Sockel wuchtig fußend
Und mit dem Scheitel das Tempeldach berührend
Als hohe Mutter von allem Lebendigen
Und dennoch von allem Lebendigen abgeschieden
In spröder, himmlischer Unnahbarkeit. —

Klytia.

So wirst auch du geschieden sein von uns.
Getrennt von unsern vergänglichen Freuden
Wirst du vollbringen das Unvergängliche,
Das ewige Leben des Ruhmes dir erkämpfen
Und schwelgend im Glück, das dich für andere Güter

So reich entschädigt, unserer nicht mehr achten,
Der Namenlosen, die schon lebendig tot sind.

Herostrat.

Ich dein nicht achten, Klytia? Dein nicht achten?
Ein Glück mir ersehnen, das dich ersetzt?
O höre mich an! Fürwahr, in dieser Stunde
Darf ich bekennen, was ich noch heute dir
Verschwieg mit wundgebissenen Lippen:
Dich, dich begehr' ich aus der Hand des Ruhms,
Dich als den lockenden Preis!

Klytia.

Ihr guten Götter! —

Herostrat.

Du, stets von mir gemieden und stets gesucht,
Ersehnt und doch gefürchtet, entfernt und nah,
Wie hast du mich in all den Jahren des Elends
Grausamer gemartert, je mehr du mich entzückt!
Mein aller Jugendlust verriegeltes Herz
Hing sich an deine Blüte wie ein Falter,
Der lieber verschmachtet als zu anderen fliegt,
Und täglich neue Zauber entfaltend,
Nahmst du mir täglich ein Stück der Hoffnung,
Der lechzenden Hoffnung, deiner wert zu sein.
Nachsichtig warst du, weich und gut;
O wärest du hart gewesen, kalt und fühllos;
O hättest du mich verachtet, mit Füßen getreten:
Denn voll Entsetzen starrt' ich dem Tag entgegen,
Wo meine Kraft, geschmolzen von so viel Sonne,
Nicht länger widerstünde, wo mich erhörend
Das edelste Weib von Ephesos

Dem Bettler würde folgen ins Jammerhaus
Und seine Sorgen verscheuchend selber sorgen,
In seinem Zweifel ihn tröstend selber zweifeln,
Statt mir zur Seite mit strahlender Stirn
Laut zu verkündigen: Seht, er wählte mich,
Der einzige, der verdient, mich zu besitzen.

Klytia.

Du Träumer, glaubst du, daß des Weibes Herz
In einer Wage versteinert liegt,
Bis euer Verdienst es aufgewogen?
Weh euch, wenn ihr der Thaten erst bedürft!

Herostrat.

Weh uns, wenn ihr im Schenken uns schamrot macht!
Und könntest du lieben, wo du nicht verehrst?

Klytia.

Ich weiß es nicht. Fast aber scheint mir:
Ich könnte nur verehren, wo ich liebe.

Herostrat.

Beides verlang' ich, beides von dir!
Weigerst du mir's?

Klytia.

        Ich sah noch keinen,
Der mir besser gefiel als du.

Herostrat
(niederstürzend und ihre Kniee umklammernd).

Klytia! —

Klytia (ihm über die Stirn streichend).

        Sei nun fröhlich fortan!
Folge mir heut zum Feste der Jugend!
Willst du?

Herostrat (auffpringend).

Schaffen will ich, schaffen!

Klytia (enttäuscht).

Nicht auch fröhlich sein?

Herostrat.

Beim Werke
Will ich es sein, will Tag und Nacht
Sinnen und formen, deiner gedenk,
Bis am festlichen Morgen
Von dem vollendeten Bild im Tempel
Feierlich die Hülle sinkt.
Dann die neuen, funkelnden Schätze
Meiner jungen Unsterblichkeit
Will ich schütten in deinen Schoß
Und sie reicher zurückempfangen,
Köstlich vergoldet im Feuer des Glücks.

(Er ruft, nach rechts gehend.)

Mutter! Mutter!

Klytia.

Sie wird sich freu'n.

Herostrat (liebevoll zu ihr gewendet).

Folgst du mir nicht?

Klytia (kühl).

Vollende dein Werk! — —

Zweiter Aufzug

Dieselbe Dekoration.

Erster Auftritt.

Timarete. Klytia.

Timarete

(sitzt auf der Steinbank und spinnt. Den Rocken hält sie unterm linken
Arm; mit der linken Hand zieht sie den Flachs aus, mit der rechten
dreht sie die Spindel).

Klytia
(tritt aus Hegesias' Haus und bemerkt sie).

Immer fleißig, Mutter Timarete?
Soll ich kommen, dir zu helfen?
Soll den Rocken halten oder hurtig
Dir die Spindel drehn?

Timarete.
Hab' Dank, o Tochter!
Meinen armen Fingern laß den Stolz,
Daß sie fühlend mir das Aug' ersetzen;
Meinem Mutterherzen laß die Freude,
Dir und ihm ein Brautgeschenk zu spinnen.

Klytia (ist zu ihr getreten).
Ei, bis dahin hat's noch gute Weile.

(Sie setzt sich zu ihr auf die Bank.)

Liebt er mich denn wahrhaft?

Timarete (weiterspinnend).

Kannst du fragen?

Klytia.

Ach, ich weiß nicht; weiß nur, Tage, Wochen
Gehn dahin, bevor ich ihn erblicke,
Und dann spricht er haftig oder stockend
Halbe Worte, grad als hätt' ich ihn
Aus dem tiefsten Schlafe wachgerüttelt,
Sieht mich an und doch an mir vorüber . . .

Timarete.

Mir geschieht nicht anders. Nur sein Werk . . .

Klytia.

Ja, sein Werk, sein Werk! Ich soll es lieben,
Fordert er. Wie kann man Totes lieben,
Unvollendetes? Ich kann es nicht.
Er verbirgt's mir. Mag er's denn verbergen!

Timarete (läßt die Arbeit ruhn).

Doch du darfst es schau'n, wenn es gelang,
Darfst daran die sel'gen Blicke weiden.
Das ist mir verwehrt. Im Geiste nur
Schau' ich es schon jetzt und nenn' es herrlich.
Alle Gottesfurcht und Heimattreue
Seines Vaters, alle Pfleg' und Sorgfalt,
Lieb' und Angst und Hoffnung seiner Mutter
Ist darin geheiligt und belohnt,
Und ich warte ruhig . . .

Klytia.

Ruhig warten?
Lernt man das in langer Jahre Frist?
Warten, immer warten — und gar ruhig?

Timarete (wieder spinnend).

Du vermagst es besser wohl als ich.
Du bist jung.

Klytia.

Ich möcht' es ewig sein!

Timarete.

Ewig jung bleibt nur, wer früh dahingeht
Zu den Schatten. Seiner Jugend Blüte,
Morgenfrisch betaut von unsern Thränen,
Prangt in unsern Herzen unverwelklich,
Wenn uns Alternden die Moira
Matter schon den Lebensfaden spinnt.

Klytia (aufspringend, in plötzlicher Angst).

Spinn' ihn jetzt nicht weiter!

Timarete.

Wie?

Klytia.

Den Faden!

Timarete.

Kind, was ist dir?

Klytia (leidenschaftlich).

Nein, ich will nicht altern!

Timarete.

Jugend kehrt zurück in unsern Kindern;
In den Enkeln kehrt sie lachend wieder.

Klytia.

Mutter, ach, ich weiß nicht, was ich fühle!
Dieser Drang, mich in die Flut zu stürzen,
Schwimmend sie zu teilen, meerwärts schwimmend,
Oder durchs Gebirg zu jagen,
Speerbewaffnet hinter scheuem Wild! . . .
Dann, die Wangen rot, die Pulse stürmisch,
Mit den Dreaden um die Wette
Laufend, mit des Waldes Nymphen
Uebermüt'ge Reigentänze schlingend,
Jenem rüstigen Geschlechte gleich,
Das in Urzeit unsre Stadt gegründet,
Hochgeschürzten, freien Amazonen,
Möcht' ich aller Männer spotten,
Ihrer Ruhmsucht spotten, ihrer Liebe! —

Timarete.

Kind, noch ahnst du nicht des Eros Macht:
Spotten wird er deiner, eh du's denkst.
Aus der Berge Wildnis steigst du nieder,
Rot die Wangen und die Pulse stürmisch,
Nicht vom raschen Lauf, doch vom Begehren,
Und vertausendfachter Drang des Herzens
Führt dich dem Geliebten zu.
Nicht mehr durchs Gebirge jagen,
Nur an seinem Halse willst du hangen,
Seine Lippen spüren auf den deinen,
Seinem Atem lauschen, wenn er schlummert,
Und wie Wellen der bewegten Flut
Ihn umschmeicheln, zärtlich ihn umfließen,
Ihn und alles, was er denkt und bildet.

Klytia (träumerisch).

Glaubst du? —

Zweiter Auftritt.

Vorige. Hegesias.

Hegesias (aus seinem Haus, Klytia gewahrend).

Beim Zeus, ich wußt' es. (Er ruft.) Holla! He!

Klytia.

Großvater!

Hegesias (zu Klytia).

Gilt mein Wort so wenig?
Die Sippschaft sollst du meiden, befahl ich dir!

Timarete (stolz).

Ich rief sie nicht.

Klytia.

In Freiheit erwuchs ich.
Gerne willfahr' ich deinen Wünschen,
Doch deinem Befehle nicht.

Hegesias.

Undankbar Kind!
Dich Frühverwaiste zog ich selbstlos auf;
Vater und Mutter war ich dir,
Und du verschwörst dich mit meinen Feinden!

Timarete.

Wir sind nicht deine Feinde.

Hegesias.

Wärst du's nicht,

Du hättest mir den pflichtvergessenen Sohn,
Als vor zwei Monden er mich verließ,
Zurückgesandt.

Timarete.

   In Freiheit erwuchs auch er.
Längst ward er mündig.

Hegesias.

     Wähnst du, thörichte Mutter,
Daß ich ihn vermisse? Ich den Gernegroß,
Der sich für meine Werkstatt dünkt zu gut?
Haha, mich lächert! Die Hand nur streckt' ich aus,
Da hatt' ich Ersatz für ihn. Ersatz? Was red' ich!
Gleich zwei Gesellen, die für den halben Preis
Dreifaches leisten, treffliche Jünglinge
Mit frommem Gemüt und Fäusten wie Herakles.

Timarete.

So freu' dich ihrer und nenne den nicht Feind,
Der dich verlassend solchen Gewinn dir brachte.

Hegesias.

Fürwahr, den größten Gewinn bracht' er sich selbst,
Statt ihn nach göttlichem Recht mit mir zu teilen!
Der Bursch hat Glück! Ein fast unglaubliches Wunder
Lieh seinem kecken Segel günstigen Wind:
Die Häupter der Stadt sind mit den Priestern einig,
Ja, Lamm und Wolf, zu Freunden umgewandelt,
Einmütig im Beschlusse, das Standbild
Der Artemis kostspielig zu erneu'n!
In Ephesos kein anderer Bildner
Bereit und fähig zu solchem Wagestück:
Just in den Schoß fällt ihm die reife Frucht

Und ich — ich habe das Nachsehn, soll wohl gar
Erleben, daß mein eigenes Enkelkind
Dem Glückspilz nachläuft.   Eher will ich . . .

Klytia (lächelnd).

Was willst du?

Hegesias (zu Timarete).

Höre mein letztes Wort,
O Timarete!   Wenn er den Frevel einsieht,
Demütig naht und mir den billigen Anteil
An seinen künftigen Werken nicht verweigert,
Wer weiß?   Vielleicht, wenn meiner Bestallung Last
Den alten Schultern zu schwer geworden . . .
Kein männlicher Erbe lebt mir, und im Hades
Bedarf ich für den stygischen Fährmann
Nur eines einzigen Obolos;
Das übrige bleibt zu meinem tiefsten Kummer
Hier oben zurück.   Wer weiß? — Nun, du verstehst mich! —
Komm, Klytia!   Laß die Sippschaft! (Zu Timarete.)   Du ver=
stehst mich.

(Er geht nach links.)

Klytia (zu Timarete, schnell).

Sag ihm, zu betteln hätt' ich nicht gelernt
Und nicht zu kauern vor verschlossenen Thüren.
Vergänglich ist meine Jugend; ich will geliebt sein,
Will fühlen, daß ich es bin; obsiegen will ich
Dem Ruhm, dem Schaffen, sogar der Göttin selbst!

(Sie folgt Hegesias in sein Haus.)

Dritter Auftritt.

Timarete. Herostrat. (Später) Volk.

Herostrat
(tritt, sobald Klytia abgegangen, aus dem Häuschen rechts).

Den Auftrag vernahm ich selber.

Timarete.

So eil' ihr nach
Und gieb ihr Antwort!

Herostrat.

O, daß ich es dürfte!
Mit beiden Armen sie fest umschlingend
Ihr Antwort geben mit brünstigem Kusse,
An ihrer Brust betäuben des Schaffens Qual!

Timarete.

Zeig ihr dein Werk!

Herostrat.

Ihr zeigen soll ich,
Was nur in meinem Haupte lebt?

Timarete.

In deinem Haupte nur?

Herostrat.

Ja, nirgend sonst.

Timarete.

Neun lange Wochen hast du daran gebildet,
Hast schnell die Speisen hinabgewürgt,
Unwillig, daß des Leibes Notdurft
Kostbare Minuten dir streitig mache;
Zu kurzem Schlummer hast du dich gelegt,
Nur um in Träumen dein Tagwerk fortzuspinnen . . .

Heroſtrat.

Neun lange Wochen zerſtört' ich an jedem Abend,
Was ich am Tage ſchuf.

Timarete.

Weshalb?

Heroſtrat.

Weil dieſe plumpe, widerſpenſtige Hand
Mein Wollen verzerrt und meine Geſichte fälſcht:
Zu klein die Form, zu niedrig, zu menſchenähnlich,
Nicht eine Göttin für dieſes Tempelhaus,
Nicht meine Göttin, nicht jene, die herrſcht und richtet
Und über den Sternen thront ſeit Urbeginn. —
O, dieſe verruchte Hand! Wann fügt ſie ſich?
Mit ſchwerem Hammer ſchlug ich im Zorn ſie blutig;
Dann wieder mit der Linken ſie ſtreichelnd,
Mit Schmeichelnamen ſie koſend wie ein Kind,
Fleht' ich zu ihr: Verweigere nicht den Dienſt!
Du ſollſt ja nur verkörpern, was ſchon geboren,
Nur Herold ſein dem zeugungskräftigen Geiſt!

Timarete.

Ein Mittel haſt du noch nicht erprobt.
Laß dieſe Hand
Von einer ſanfteren zärtlich umſpannen,
Die liebend ſich ihr entgegenſtreckt!

Heroſtrat.

Mutter, ich darf nicht!
Denn ich fürchte Klytias Nähe,
Fürchte ſie ſelber, weil ich ſie liebe!
Einmal nur vom ſüßen Taumel erfaßt,
Ach, wie ſchnell, wie leicht würd' ich vergeſſen,
Schwelgend meiner gebietenden Pflicht vergeſſen!

Fulda, Heroſtrat.   4

Eifersüchtig ist Aphrodite,
Will mit keiner anderen Göttin teilen.
Ach, warum hat mein geduldiges Herz
Dennoch zuletzt vorzeitig sich verraten?
Hätt' ich damals nur den Strom gedämmt,
Der, von plötzlicher Hoffnung schwellend,
Mächtig über des Schweigens Ufer trat!
Denn mit zwiefach schmerzlicher Kraft
Muß ich zügeln mein Begehren
Jetzt, nachdem es erstarkt ist
Im Morgenwinde der Zuversicht.

Timarete.

Undankbarer, dich drückt dein Reichtum:
Einer Göttin und eines Weibes Liebe!

Herostrat.

Steil und steinig und freudeverlassen
Ist der Weg zur Unsterblichkeit,
Und der Lohn winkt nur am fernsten Ziel.
O, wie beneid' ich Menschen wie Metrodoros!
Behaglich naschend von allen Lebensgütern,
Niemals ergriffen vom Zweifel am eigenen Wert
Und Weisheit anderer für die seine haltend,
Wird er noch in der Todesstunde
Sich mit dem lächelnden Wahn betrügen,
Wie ruhmvoll, groß und bleibend sein Wirken war.
Ja, manchmal beneid' ich sogar Hegesias,
Der nach den Jahren der Blüte friedlich abwelkt
Und schon beglückt ist, wenn er den Säckel füllt!

(Am Hafen hat sich inzwischen, von links hinten auftretend, allerlei
Volk versammelt; darunter, zunächst von anderen verdeckt, Zoë, Lysilla,
Theonis. Wachsendes Stimmengeschwirr.)

Einzelne Stimmen.

Habt ihr vernommen? — Der Wächter erhielt die Botschaft. —
Was giebt's? — Hörst du, Philemon? — Sie sagen,
Ein stattliches Pilgerfahrzeug kam in Sicht.

Timarete (lauschend).

Welch ein Geräusch von wechselnden Stimmen?

Herostrat.

Müßige Gaffer umbrängen den Hafen.

Timarete
(rafft ihr Spinngerät zusammen und schreitet zum Häuschen).

Komm hinein! Ich richte das Mahl.

Herostrat (zum Tempel gewandt).

Erst noch einmal muß ich Zwiesprach halten
Mit dem Haus, in dem sie wohnen soll,
Einmal noch das innre Bild
An der Größe seines Rahmens messen;
Denn er soll, er darf es nicht beschämen! —
Aber wird auch meiner Schöpfung Ruhm,
Wenn sie dasteht, endlich voll gelungen,
Meiner Mühsal an die Schultern reichen?
Wird das Bildwerk nicht des Bildners Namen
Ueberschatten? Müßt' ich mir nicht wünschen,
Daß zugleich mit hundert Nebenbuhlern
Ich im Wettstreit um die Palme kämpfte
Und ein Ruf erklänge durch ganz Hellas:
Einer nur von hundert hat bestanden,
Und der eine nennt sich Herostrat?

Timarete (auf der Schwelle).

O mein Sohn, ich weiß, du würdest siegen,

Ueber hundert siegen, über alle:
Keiner liebt die Göttin so wie du! (Ab.)

(Herostrat setzt sich auf die Bank und blickt nach dem Tempel.)

Vierter Auftritt.

Herostrat. Volk (im Hafen immer mehr anwachsend). Zoë. Lysilla.
Theonis. Kallias. Diokles. (Dann) der Hafenwächter.

Kallias
(ist vorn links aufgetreten und zum Hafen geeilt).

'ș ist richtig, Nachbarn. Ein großes Segel
Ward von der Küste gemeldet. Bald muß es hier sein.

Diokles (ihm auf dem Fuße folgend).

Ja, von des Pion äußerster Felsenzinne
Erblick' ich selber das funkelnde Schiff:
Langsam und stolz glitt es stromaufwärts,
Den Kiel gerichtet hierher zum Tempelhafen.

Kallias.

Von wannen kommt es?

Diokles.

Laßt uns den Wächter fragen!

Kallias.

Dort eilt er herbei.

Wächter (von hinten links sich durchdrängend).

Macht Platz!

Diokles.

Vortrefflicher, sag uns . . .

Wächter.

Macht Platz! Ich habe nicht Zeit, euch Rede zu stehn;
Denn mich erwartet der Ratsherr Metroboros.

(Er hat sich Bahn geschaffen und kommt nach vorn. Die drei Mädchen
folgen ihm.)

Joë (eine Zither tragend).

Sprich, guter Wächter, ist's ein hellenisch Fahrzeug?

Lysilla (mit einer Doppelflöte).

Bringt es begüterte Fremdlinge mit?

Theonis (hochgeschürzt, mit Blumenkorb).

Die sich erfreuen am Tanze ionischer Mädchen?

Joë.

Am Spiel der Zither?

Lysilla.

Am Klange der Doppelflöte?

Theonis.

Und sich zu heitrem Gelag mit Rosen bekränzen?

Wächter (schäkernd).

Fragt sie doch selber, ihr Nymphen der Artemis!
Und wenn sie thöricht verneinen, dann kommt zu mir.

(Ab ins Haus des Metroboros, vordere Thür.)

Joë (ihm nachrufend).

Du grober Wächter, was kümmerten uns die Fremden,
Wenn die Ephesier nicht so geizig wären?

Theonis (hat Herostrat bemerkt).

Da sitzt so einer! Der starrt zum Tempel hin
Und fände doch Süßeres zum Augentrost.

(Sie geht zu ihm; die andern beiden folgen ihr.)

Ei, Freund, hast wohl ein zänkisches Weib zu Haus?
Willst du ihr Blumen kaufen, damit sie hold wird?

Lysilla.

Nein, lauf ihr fort!

Zoë.

Was redet ihr, Schwestern?
Er hat ein untreu Liebchen; ich wette drauf!

Theonis.

Soll man dir Lethe träufeln ins wunde Herz?

Lysilla.

Und deine Seufzer mit Wohllaut übertönen?

Herostrat.

Den edelsten Wohllaut übertönt ihr selbst!
Hinweg mit euch!

Zoë.

Ein garstiger Brummbär, das!

Theonis (ihn halb mitleidig betrachtend).

Du bist kein Geizhals. Du bist arm.
Dir muß man schenken von seinem Ueberfluß.
Da! (Sie wirft ihm eine Rose zu.)

Fünfter Auftritt.

Vorige. Metrodoros.

Metrodoros
(eilig aus der vorderen Thür seines Hauses tretend, zum Wächter
gewandt, der ihm folgt).

Künde dem Oberpriester des Schiffes Ankunft!
Ruf auch den Hüter des Tempels, Hegesias!
Wen Ephesos zu Gast geladen,
Dem soll's nicht fehlen am würdigen Empfang.

(Der Wächter ab in den Tempel, kehrt während des folgenden Dialogs
zurück, geht ins Haus des Hegesias, verläßt auch dieses nach kurzer
Zeit und verschwindet im Hintergrund links. — Metrodoros bemerkt die
Mädchen.)

Ist das Lysilla nicht, die flötenkundige?
Theonis, Zoë, die lieblichen Töchter der Freude,
Die mir schon manches philosophische Gastmahl
Verschönten durch gefällige Kunst und mehr noch
Durch ihrer Gegenwart anmutigen Reiz? —
Sagt, Mädchen, wollt ihr auch morgen wieder
Ein Fest mir schmücken?

Lysilla.

Befiehl, und wir gehorchen.

Zoë.

Wo fänden wir für unsere Weisen
Noch einen Kenner wie dich?

Theonis.

Wer kommt dir gleich
In eines Tanzes feiner Beurteilung?

Metrodoros.

Wohlan! Doch wisset, ich fordere, daß ihr morgen
Euch selber übertrefft; denn Joniens Ruf
Sollt ihr bewähren vor meinem verwöhnten Gastfreund.

(Die Volksmenge hat sich allmählich mehr nach vorn gezogen und neu=
gierig zugehört.)

Kallias (zum Volk).

Er sprach von einem Gastfreund.

Diokles (ebenso).

Das nahende Schiff
Bringt einen Gastfreund dem Ratsherrn Metrodoros.

Zoë.

Wir fürchten ihn nicht, und käm' er gleich
Aus aller Verwöhnung Heimat, aus Athen.

Metrodoros.

Von dorten kommt er.

Lysilla (eifrig.)

Das Schiff kommt aus Athen?

Kallias (zum Volk).

Das Schiff kommt aus Athen.

Viele (einander zurufend).

Athen!

(Allgemeine Bewegung. Alle drängen wieder zum Hafen, auch die Mädchen.)

Herostrat (hat aufgehorcht).

Athen?

(Er steht schnell auf und geht zu Metrodoros.)

Sag, Metrodoros, wer naht auf jenem Schiff?

Metrodoros.

Ein Schwarm von Pilgern.

Herostrat.

Von einem Athener sprachst du.

Metrodoros.

Ganz recht; dies ist kein Pilger.

Herostrat.

Was wär' er sonst?

Metrodoros.

Dein Nebenbuhler.

Herostrat.

Wie das?

Metrodoros.

Ja, Freund, er ist es,
Und hurtiger naht er, als ich gedacht.

Herostrat.

Mein Nebenbuhler?

Metrodoros.

Bist du darob erstaunt?
Du selber gabest mir ein, ihn herzurufen.

Herostrat.

Wen herzurufen?

Metrodoros.

Als ich im Rate vorschlug,
Dem Tempel ein neues Götterbild zu weihn,
Da fühlt' ich schwer die Last der Verantwortung
Auf meinem Haupt. Dich nannt' ich als Vollstrecker
Des wagemutigen Planes, dich allein;
Doch nur als meines eignen Vertrauens Echo,
Nicht als der dröhnende Bote deiner Thaten
Klang deines Namens ungewohnter Schall.

Herostrat.

Einmal klang auch des Phidias Name so!

Metrodoros.

Gewiß! Und möge der deine bald
Mit rühmlichem Inhalt jeden Laut erfüllen!
Doch als besonnener Denker mußt' ich wohl
Mich heimlich fragen: Wie, wenn gegen Erwarten
Sein Werk mißlänge? Würde nicht
Mich sehr gerecht ein doppelter Vorwurf treffen,

Daß ich so wichtigen, folgenschweren Auftrag
Wahllos in eine einzige Hand gelegt,
Ich, des Gedankens Vater?

Herostrat.

Du irrst!
Mein Kind ist dieser Gedanke, nicht das deine,
In Schmerzen geboren, mit Sehnsucht großgesäugt.

Metrodoros (überlegen lächelnd).

Ich bin zu reich gesegnet mit solchen Kindern,
Um über eines von vielen mich zu streiten.
Nur mögest du dich erinnern, mit welchem Feuer
Du selbst athenische Bildnerkunst gerühmt
Und so des Entschlusses Keim in mich gelegt,
Sie aufzufordern zum Wettkampf mit der deinen.

Herostrat.

Wer ist es, den ihr zu diesem Wettkampf riefet?

Metrodoros.

Der Sohn des Kephisodot, Praxiteles.

Herostrat (tief betroffen).

Praxiteles?   (Sich schnell beherrschend, in gleichgültigem Ton.)
Ich hörte von ihm.

Metrodoros.

Er gilt,
Obgleich noch jung, als Meister in seiner Kunst.

Herostrat (stets mühsam seine Erregung bezwingend).

Man sagt es.

Metrodoros.

Verlangst du noch beredteres Zeugnis,
Wie hoch ich deine Gaben werte,
Als daß ich einen Meister nur
Für würdig gehalten, sich mit dir zu messen?

Kallias
(der mit Diokles und andern die Tempelstufen erstiegen hat, um
auszuspähn).

Seht ihr das blinkende Segel?

Diokles.

Nun wird es gerefft.
Viel emsige Ruder tauchen in den Strom.

Kallias.

Laßt uns entgegen eilen.
(Sie steigen herab und drängen nach hinten links.)

Metrodoros (Herostrat beobachtend).

Worüber sinnst du?

Herostrat.

Warum du mir dies alles bis heut verbargst.

Metrodoros.

Nicht stören wollt' ich den Frieden deiner Arbeit.

Herostrat.

Wozu noch jetzt so doppelzüngige List?
Dein ängstliches Mißtraun wolltest du mir bezeugen
Und glaubtest, daß der Wettkampf mich erschreckt.

Metrodoros.

Hätt' ich dir dann so glänzende Bahn eröffnet

Zu größerer That, als du sie je geträumt?
Nicht mehr für deinen Ruhm allein,
Du kämpfest zugleich für deine Vaterstadt.
Sie zählt auf dich! — Wenn's dir gelänge,
Mit deinem Bildwerk das Werk des Fremden
Zu überwinden, traun, dann wäre
Nicht nur Praxiteles von Herostrat,
Dann wär' Athen geschlagen von Ephesos,
Und jauchzend würde das Volk den Helden feiern,
Der unsres Stolzes mächtigsten Feind besiegt!

Herostrat.

Die Losung nehm' ich auf! Und statt zu grübeln,
Ob redlich du gehandelt, beteur' ich dir:
Wär' offene Kunde mir zu teil geworden
Von deiner Entschließung, eh du sie vollzogst,
Dann hätt' ich selber gebeten: Ruf' ihn her! —
Du thatest recht! Ich danke dir, Metrodoros.

Sechster Auftritt.

Vorige. Hegesias. (Dann) Eupeithes (und) Priester. (Dann)
Klytia.

Hegesias (eilt aus seinem Haus, zu Metrodoros).

Komm' ich zu spät? Ich hüllte mich nur
In einen festlichen Mantel. (Halblaut.) Ein prächtiger Streich!
Das gönn' ich dem ehrbegierigen Wolkenstürmer.
Jetzt wird er's billiger thun!

(Eupeithes kommt mit einem Gefolge von Priestern und Priesterinnen
aus dem Tempel, auf dessen Stufen sie sich aufstellen.)

Metrodoros.

Da sind die Priester.

(Er geht mit Hegesias zur Begrüßung des Eupeithes nach hinten.)

Herostrat (stirnrunzelnd).

Zieht denn ein König ein? (Er bemerkt Klytia.) Auch du?

Klytia
(ist in einem reicheren Gewand aus Hegesias' Haus getreten).

Ich saß und rechnete nach, seit wieviel Tagen
Du mich gemieden. Da brachte der Wächter die Botschaft,
Daß ein athenischer Bildner landen soll.

Herostrat.

Mein Gegner, Klytia!

Klytia.

Doch ihn sendet Athen,
Die Stadt, die zu bewundern du mich gelehrt
Und aus der blauen Ferne mir nah gerückt
Gleich einer schönen, duftumsponnenen Sage. —
Sieh mich doch an!

Herostrat (leidenschaftlich).

Nicht wahr, du glaubst an mich?

Klytia (erstaunt).

Ist's möglich?

Herostrat.

Was?

Klytia.

Bemerkst du nicht
Mein neues Gewand? Ich trag' es zum erstenmal.

Herostrat.

Auch für den Fremdling?

Klytia.

Nein, für dich.
So wollt' ich an deiner Werkstatt Pforte klopfen
Und prüfen, ob du mich liebst.

Herostrat (halblaut).

Mehr als mein Leben!

Klytia.

Wenn er mich liebt, so dacht' ich, dann wird mein Anblick
Ihm Artemis verdrängen — nur auf ein Weilchen,
Doch lange genug für meinen Triumph.

Rufe (aus einiger Entfernung, vom Hafen her).

Heil! Heil!

Herostrat.

Und lange genug für des Atheners Triumph!
Er würde die Zeit, in der voll seliger Lust
Ich meinem Herzen erläge, wohl besser nützen!
Begreifst du nicht, daß nun gesteigerter Kampf
All meine Kräfte fordert? Ein Meister naht
Und trägt mir seinen Ruhmeskranz entgegen,
Den vollbelaubten, damit ich ihn entreiße
Zum Schmucke für meine Stirn. Begreifst du nicht?

Klytia.

Ja, nun begreif' ich: von neuem bin ich einsam.

Herostrat (innig).

Du wirst mir's danken am Tage meines Siegs!
(Nähere Willkommrufe.)

Metrodoros
(wieder nach vorn kommend, zu Herostrat).

Willst du den Gast begrüßen?

Herostrat.

Ich ihn?
Im Volksgewühl ein Lächeln von ihm erhaschen,
Bevor ihm kund ward, wer ich bin?

Metrodoros.

Er weiß,
Daß ihm ein Mitbewerber genübersteht.

Herostrat.

Wenn mich Praxiteles zu sehn begehrt,
Dann sag ihm, er finde mich in meiner Werkstatt.

(Ab in sein Haus.)

Siebenter Auftritt.

Vorige (ohne Herostrat). **Praxiteles. Pilger. Schiffsleute.
Sklaven.**

Rufe (auf der Bühne).

Heil! Heil!

(Die Volksmenge füllt nun den größten Teil der Bühne. Das Schiff
fährt in den Hafen, die Ruder werden eingezogen, der Anker aus-
geworfen. Auf erhöhter Stelle des Verdecks steht Praxiteles, umgeben
von Pilgern, Schiffsleuten und Sklaven. Heiter winkt er den Willkomm-
rufern zu. Von Theonis und anderen Mädchen werden Blumen auf
das Schiff geworfen.)

Kallias.

Das ist er.

Diokles.

Welchen meinst du?

Kallias.

Der Schlanke, dort an des Mastes Fuß.

Joë.

Fast noch ein Jüngling.

Lysilla.

Dem wärest du wohl nicht spröd?

Hegesias.

Zu meiner Zeit sahn die athenischen Künstler
Viel bärtiger und gesetzter aus.

Rufe (vom Schiff aus erwidert).

Heil! Heil!

(Eine Landungstreppe ist herangerückt worden. Leichtfüßig springt
Praxiteles herab. Die Pilger folgen ihm, werden von den Priestern
begrüßt und zerstreuen sich im Hintergrund. Eine Gasse bildet sich
dadurch, daß das Volk nach beiden Seiten hin zurückweicht und zugleich
nach dem Vordergrunde drängt. Klytia unter den Vordersten rechts.
Die Sklaven während des Folgenden mit der Ausladung von Gepäck-
stücken beschäftigt.)

Praxiteles.

(im Vorübergehen in die Saiten von Joës Zither greifend).

Welch zierliche Mädchen giebt es in Jonien!

Metrodoros.

Sei mir willkommen am Strand von Ephesos!

Praxiteles.

Bist du der Ratsherr Metrodoros, mein Gastfreund?

Metrodoros.

Ja. Doch vermutlich weiß man in Athen
Vom Ratsherrn weniger als vom Philosophen.

Praxiteles.

So mag's wohl sein. — Hab' Dank, daß du mich riefest.

Metrodoros.

Dank schuld' ich dir, weil du dem Rufe gefolgt.

Praxiteles.

Er klang verlockend genug.

Euxithes (feierlich).

Praxiteles,
Im Namen unserer großen Gottheit
Entbiet' ich dir und deinem Beginnen Heil.

Praxiteles.

Dein Gruß beschämt mich, Priester. Ich bin ein Weltkind
Und ehre die Götter nur mit irdischer Kunst.

Hegesias (vortretend).

Dich grüßt Hegesias. Deine Vaterstadt
Kenn' ich genau; dort weilt' ich vor vierzig Jahren.

Praxiteles.

Du kennst Athen und bliebest so lang ihm fern?
Trieb nicht unendliche Sehnsucht dich zurück?

Hegesias.

Mich ketteten an die Scholle Geschäft und Amt:
Du siehst in mir den erblichen Tempelhüter.

Praxiteles.

Wohl dir, o Greis; du hütest Gewaltiges.
Wenn du vom ersten Betrachten des Wunderbaues
Nicht heftiger mich erschüttert findest,

Vernimm: Schon längst vor meinem geistigen Auge
Stand hell und greifbar sein getreuestes Abbild:
So mußt' er sein, nicht anders. Er löst nur ein,
Was er versprochen, und hält die Probe
Wie ein verehrter, zuverlässiger Freund.

Metrodoros.

Willst du mein Haus betreten? Es ist das deine.

Praxiteles.

Hab' ich nun alle gegrüßt, die meines Grußes
Gewärtig sind? Ungern mißacht' ich die Sitte.

Metrodoros.

Du hast ihr volles Genüge gethan.

Praxiteles

(gewahrt Klytia, welche mit gespannter Neugier die Felsenstufen vorn
rechts erstiegen hat und dadurch wie auf einem Postament isoliert steht).

Nein, nein!
Die Göttin selber entbehrt noch meines Grußes.

Metrodoros.

Sie thront im Tempel.

Praxiteles

(den Blick wie gebannt auf Klytia richtend).

O nein, sie stieg herab.
Sie kam dem Sterblichen gnadenreich entgegen,
Sich offenbarend in ihrer Huldgestalt.
Und ich — o Blindheit — erkannte sie nicht gleich,
Um derentwillen ich übers Meer gepilgert,
Den Rücken wendend Athen und seinen Freuden
Und meiner halbvollendeten Marmorwelt? —

Auch ihren Zauber hab' ich vorhergeschaut;
Auch sie hält Wort!

(Er schreitet auf Klytia zu. Das Volk macht Platz.)

Ich grüße dich, Artemis!

(Allgemeines, anschwellendes Murmeln der Verblüffung und des
Widerstrebens.)

Metrodoros.

Was hör' ich?

Einzelne Stimmen.

Er frevelt!

Klytia (in tiefster Verwirrung stammelnd).

Ich heiße Klytia
Und bin ein sterbliches Weib. —

Eupeithes
(ist herzugetreten und legt dem in Klytias Anblick verlorenen
Praxiteles die Hand auf die Schulter).

Fremdling, wach auf! —
Nie ward auf dieser geweihten Erde
Vernommen solche sträfliche Lästerung.

Praxiteles.

Wen hab' ich geläftert? Erhabner, belehre mich!

Eupeithes.

Du schmähteft in schwärmendem Wahn das Heiligfte.

Praxiteles.

Ich wollt' es nicht schmähn; ihm huldigen wollt' ich nur.

Eupeithes.

Und nanntest die Jungfrau dort mit jenem Namen,
Den unsere strenge, furchtbare Göttin trägt,

Die Mutter des Lebens, die himmlisch Unnahbare?
Weh dir, wenn du sie verkennst!

Praxiteles.

Verzeih den Irrtum.
Gern will ich vermeiden redlicher Leute Zorn;
Doch daß ich die Göttin erzürnte, befürcht' ich nicht.
Ist diese Jungfrau gleich nicht Artemis,
So bleibt sie dennoch ihr irdisches Ebenbild,
Nicht jenes freilich, das plumpe Barbarenhände
In kindischer Vorzeit hilflos formten
Als rohen Koloß in üppiger Ungestalt,
Doch jenes, das mir lebendig im Sinne wohnt.
Seht hin! Nicht Artemis von Ephesos,
Nein, Artemis von Hellas erblickt ihr dort!
Die hohe, jungfräuliche Schwester Apolls,
Die keusche Göttin, welche die Nacht durchgleitet
Und leis den schlafenden Endymion küßt.

(Erneutes Gemurmel.)

Euprithes.

Vermenge nicht Menschliches mit Göttlichem!

Praxiteles.

Nichts in der Welt ist göttlicher als die Schönheit.

Euprithes.

Welch neuen Glauben, Vermessener, kündest du?

Praxiteles.

Dies ist der heilige Glaube von Athen,
Und ich, das wisse, bin dieses Glaubens Priester.

Scheint er euch Frevel, dann laßt mich wieder ziehn!
Doch wollt ihr ein Werk von meiner Hand,
In diesem Glauben allein kann ich's vollbringen.

(Noch einmal zu Klytia gewendet.)

Ich grüße dich, Ebenbild der Artemis!

(Er folgt dem Metroboros.)

Dritter Aufzug.

Dieselbe Dekoration.

Erster Auftritt.

Praxiteles, Metrodoros (und) ein Sklave (treten aus der Seitenthür von Metrodoros' Haus).

Praxiteles (zum Sklaven).

Dies melde dem Hegesias.

Metrodoros (zum Sklaven, zeigend).
Dort sein Haus.

Praxiteles (zum Sklaven, in die Thür zurückdeutend).

Sodann in diesen lichten Vorhof
Laß bringen, was mir zur Arbeit nötig ist.
Ihn räumt mir der Hausherr ein für meine Hantierung.
(Sklave ab ins Haus des Hegesias.)

Metrodoros.

Beginnst du sie schon heute?

Praxiteles.
Das wird sich zeigen.

Metrodoros.

Ich hoffe, dein Fleiß verkürzt uns nicht das Gastmahl,
Das heut ich gerüstet zur Feier deines Einzugs.

Praxiteles (lächelnd).

Mein Fleiß war niemals neidisch auf meine Freuden.
Und find' ich unter den Gästen auch den Bildner,
Den du mir nanntest?

Metrodoros.

Wenn seine Gegenwart
Genehm dir ist . . .

Praxiteles.

Mich dünkt, Gleichstrebende sollen
Beim Becher sich sehn und nicht nur auf dem Kampfplatz.

Metrodoros.

Sehr wahr. Ich gehe sogleich, ihn mir zu laden.
(Ab ins Haus des Herostrat.)

(Hegesias ist kurz vorher mit dem Sklaven aus seinem Haus getreten
mit diesem sprechend, und ohne die beiden zu bemerken. Nun kommt
er, während der Sklave ins Haus des Metrodoros zurückkehrt, in den
Vordergrund.)

Zweiter Auftritt.

Praxiteles. Hegesias.

Hegesias.

Du wünschtest mich zu sprechen, Praxiteles?
Wie hast du geschlafen?

Praxiteles (heiter).

Vorzüglich, Verehrtester!
Der Wein des Metrodoros ist süß und feurig

Und schenkte mir holden Traum auf weichem Pfühl.
Wahrhaftig, ihr Ephesier wißt zu leben.

Hegesias.

Dies Lob wiegt doppelt aus eines Atheners Mund.
Womit kann ich dir dienen?

Praxiteles.

              Sofern man mir
Die Wahrheit berichtet, ist die strahlende Jungfrau,
Die gestern ich mit hoher Bewunderung grüßte,
Dein Enkelkind.

Hegesias.

         Ja, freilich. Doch wenn du wüßtest,
Welch Unheil du gestiftet mit deinem Gruß!
Beim Hermes, ich kenne sie ja, seitdem sie zappelnd
Im Schoße der Amme lag; doch so wie gestern
Hab' das verständige Kind ich nie gesehn:
Verwirrt und bebend und aufgelöst in Thränen,
Angstvoll gewärtig göttlichen Strafgerichts.

Praxiteles.

Das thut mir leid.

Hegesias.

          Welch unbesonnener Einfall!
Welch keckes Zerwürfnis mit Brauch und Ueberliefrung!

Praxiteles.

Glaubst du, daß sie mir grollt?

Hegesias.

              Das glaub' ich gewiß.

Praxiteles.

Und meinst auch du, daß ich die Göttin beleidigt,
Weil ich sie mir als blühendes Weib gedacht?

Hegesias.

Ei, kommt es auf mich nur an, so magst du getrost
Den ganzen Olymp mitsamt der Unterwelt
Dir denken in jeder beliebigen Gestalt,
Und wenn's die Götter verdrießt, dann mögen sie selbst
Mit Blitz und Donner dazwischen fahren.
Weshalb soll ich sie rächen? Sie haben bis jetzt
Nie mich gerächt, wenn jemand mir Uebles that.
Doch wenn du von den Menschen dir Beifall wünschest.

Praxiteles.

Beifall? Wer sagt dir das?

Hegesias.

                    Nun, oder Gewinn . . .

Praxiteles.

Gewinn ist, was uns beglückt.

Hegesias.

                    Nun ja, gleichviel.
Ich bin dein Freund; mir wäre von Herzen lieb,
Wenn Herostrat recht gründlich dir unterläge.

Praxiteles (lächelnd).

Du bist mein Freund, weil du den anderen hassest.

Hegesias.

Nein, im Vertrauen, ich schätz' ihn und möchte drum

Geheilt ihn sehn von unerträglichem Dünkel.
Nur leider hast du mit unbedachtem Wort
Ihm große Steine vom Wege fortgeräumt:
Auf seiner Seite werden die Priester stehn
Und alles gläubige Volk.

Praxiteles.

     Was liegt daran?

Hegesias.

Doch wenn sie zuletzt die Stimmen der Entscheidung
Zu seinen Gunsten lenken?

Praxiteles.

        Was liegt daran?
Was kümmert mich, solang ich den Meißel führe,
Sieg oder Niederlage? Nicht Muße fänd' ich,
Darüber zu sinnen; auch lohnt es kaum der Müh'.
Vollendete Werke sind erwachsene Kinder:
Die schlagen, sofern sie gut gerieten,
Sich ohne Hilfe des Vaters durch die Welt;
Wo nicht, dann sind sie würdig des Untergangs.
Erfüllt bin ich dank eueres Rates Auftrag
Von einer lockenden Arbeit; dies genügt mir,
Und eines nur bedaur' ich: daß Klytia —
Nicht wahr, so heißt sie? — daß mir Klytia grollt.
Dies halb schon fürchtend, beschloß ich, dir zu nahn,
Um dich zu bitten: Sei mein freundlicher Fürsprech!
Bestimme die Jungfrau, mir Gehör zu schenken.
Nicht eher bin ich ruhig, bis meinem Fehl
Verzeihung ward aus ihrem eigenen Munde.

Hegesias.

Wie könnt' ich das verweigern? Sobald sie heimkehrt . . .

Praxiteles.

Wo weilt sie jetzt?

Hegesias.

Oft in der Frühe
Geht sie zur Grotte des Pan im heiligen Haine.
Deshalb vermut' ich . . .

(Er späht, die Augen mit der Hand beschattend, in die Coulisse vorn rechts.)

Ganz recht! — Dort schimmert ihr Kleid.
Im Oelbaumschatten wandelt sie langsam heimwärts.

(Er ruft.)

He, Klytia, komm!

Praxiteles.

Wie königlich sie schreitet!
Als ob sie wüßte, daß unsichtbares Geleit
Speertragender Nymphen ihrer Ferse folgt!

Hegesias (wieder rufend).

Kind, hörtest du? Beschleunige deinen Schritt!

Praxiteles.

Nicht doch! Dies ruhige Wandeln ist Musik.
Zerstöre nicht der Glieder seligen Einklang,
Den mein andächtiges Auge wachsam schlürft! —
Der Hals leicht vorgebogen, unmerklich fast;
Doch wieviel Reiz in dieser Unmerklichkeit!
Nur eine Linie mehr — dann ist es verfehlt.

Dritter Auftritt.

Vorige. Klytia.

Klytia
(von rechts vorn, die Stufen herabkommend, zu Hegesias).
Du riefest? (Sie gewahrt Praxiteles und errötet.)

Hegesias.
           Schau, hier steht ein reuiger Mann.
Abbitte will er dir leisten. Daß er dich kränkte,
Verschwieg ich ihm nicht. Nun sei nicht allzu hart.
           (Zu Praxiteles.)
Und wenn du später mein Haus besuchen willst —
Du findest dort viel ausgezeichnete Kleinkunst
In Thon und Erz; geschliffene Perserdolche
Mit glitzerndem Griff, Prunkwaffen aus Lydien:
Von Freunden verlang' ich nur den halben Preis.
           (Ab in sein Haus.)

Vierter Auftritt.

Praxiteles. Klytia.

Praxiteles.
Es schmerzt mich, Klytia, daß mein rasches Wort
Dir so mißfiel. Du warest allein berufen,
Darüber zu richten, und hast verurteilt:
Wie könnt' ich zweifeln, daß ich sehr schuldig bin?

Klytia (schweigt).

Praxiteles (nach einer Pause).

In meiner Heimat gilt es als Kränkung nicht,
Wenn man ein Weib mit göttlichem Namen grüßt,
Dort nicht! Ephesische Jungfraun fühlen anders.
Das hätt' ich wissen sollen. Ich hätte dann
Im innersten Herzen als trautes Geheimnis
Die köstliche Gewißheit behütet,
Daß ich der Artemis begegnet bin.

Klytia.

Du hattest mich kaum gesehn ... und doch ...

Praxiteles.

Und doch!

Klytia.

Worin erblicktest du so täuschende Gleichheit?

Praxiteles.

In deinem Wuchs, in Haltung, Gebärd' und Miene,
Mehr noch in deinem Wesen! Denn hochgewachsen
Ist deine Denkart, kräftig und frei dein Sinn.
Keusch bist du, doch nicht kalt; stolz, doch nicht fühllos.
Mild kannst du sein und weich und zärtlich
Gleichwie des Mondes nächtige Lenkerin,
Und wieder ungestüm, entfesselt und stürmisch
Gleichwie die bogenspannende Herrin der Jagd.

Klytia.

Wer hat dies alles dir offenbart?

Praxiteles.

Mein Auge.

Sag, daß es mich betrogen! — Du sagst es nicht.
Und dennoch hast du gezürnt, gehebt, sogar
Geweint . . .

Klytia (schnell).

O nein!

Praxiteles.

Sogar geweint. Ich weiß es.

Klytia (mit einem Blick auf Hegesias' Haus).

Mußt' er so viel denn schwatzen!

Praxiteles.

Warum geweint?

Klytia.

In Furcht vor Artemis ward ich auferzogen . . .

Praxiteles.

So wär' es Furcht gewesen?

Klytia.

Was fragst du so?

Praxiteles.

Nicht Furcht?

Klytia.

Ich glaubte, daß du meiner gespottet.

Praxiteles.

O nein, das glaubtest du nicht!

Klytia.

Ich mußte wohl.

Denn dies gestehe mir nur: du sahst schon oft
Weit schönere Frauen als mich — und viele,
So hört' ich erzählen, haben dich geliebt.

Praxiteles.

In jeder sucht' ich des Göttlichen Wiederschein;
Doch keine kam dir gleich.

Klytia.

     Du huldigtest mir
Wie vormals diesen — und wie ein Sieger huldigt.
Aus deinem Blick sprach Kühnheit . . .

Praxiteles.

        Wer nicht kühn ist,
Wenn er das Herrlichste trifft, versäumt sein Leben.

Klytia.

Mir war, als müßt' ich in den Boden versinken,
Als müßt' ich entfliehn zum äußersten Erdenrand
Und eine Freistatt suchen . . .

Praxiteles.

       Entfliehn — vor mir?
Furcht also doch? So schreckhaft schien ich dir gestern?
Und heute?

Klytia.

  Heut ist meine Seele still.

Praxiteles.

Wodurch besänftigt?

Klytia.

Mit den frühsten

Ging ich zur Grotte des Pan mit Weihgeschenken . . .

Praxiteles.

Ist dies die Freistatt?

Klytia.

Das Heiligtum der Jungfraun.

(Ihre Blicke begegnen sich. Sie schlägt verwirrt die Augen nieder.
Kleine Pause.)

Kennst du die liebliche Sage nicht?

Praxiteles.

Sprich mir davon, ich bitte.

Klytia.

Die Nymphe Syrinx

Ward einst bedrängt vom zottigen Waldgott Pan.

Bis in die Grotte verfolgte sie der Wilde;

Dort flehte sie wehrlos um ihrer Herrin Schutz,

Und Artemis, den Ruf erhörend,

Verwandelte die Gespielin flugs in Schilf.

Pan aber glaubte, sie habe sich nur versteckt,

Und küßte das Schilf; da gab es melodischen Klang.

Er schnitt daraus ein tönendes Rohr;

Das nannt' er zum Angedenken Syrinx,

Und in der Grotte hing er es trauernd auf.

Nur Jungfraun dürfen seitdem die Stätte betreten,

Und naht ein Weib, das diesen Namen verlor,

Dann singt die Syrinx einen klagenden Ton

Und fällt zur Erde. — Du schweigst?

Praxiteles.

Wie sagtest du?

Klytia.

Du bist zerstreut?

Praxiteles.

Nicht doch! Hingebend lauscht' ich
Der mannigfalten Bewegung deiner Hand,
Wie von dem feinen Gelenke sanft befehligt
Sie stets in andere Formen spielend glitt,
Als wolle sie mit jedem erneuten Umriß
Glorreicher bekunden ihre weiße Schönheit.
Nur eine von den hundert Verwandlungen
Festhalten mit allem blühenden Reiz des Lebens —
Wer das vermöchte! (Er ergreift ihre Hand.) Klytia, diese Hand
Läßt mich, wie sehr du mir auch zürnen magst,
Für meine Vergehung grausam büßen;
Denn sie belehrt mich, daß ich ein Stümper bin.

Klytia (ihm die Hand sanft entziehend).

Ich zürne dir nicht, Praxiteles. — Leb wohl!

Praxiteles.

Du gehst? Ich bitte dich, bleib!

Klytia.

Du hörtest ja,
Daß ich nicht zürne. Was noch?

Praxiteles.

Nur eines!
Bevor du gehst, entscheide mit kurzem Wort,
(nach dem Hafen zeigend)

Ob jenes Schiff, das heute den Anker lichtet,
Mich wieder zurückträgt nach Athen, ob nicht.

Klytia.

Wie, du willst fort?

Praxiteles.

Ich will nur, wenn ich muß.

Klytia.

Eh noch ein Tag verronnen, seitdem du kamst?

Praxiteles.

Noch einmal: dies zu entscheiden steht bei dir.
Denn was ich verrichten soll in Ephesos,
Wär' ein vergeblich Beginnen ohne dich.

Klytia.

Dein Bildwerk?

Praxiteles.

Ja, mein Bildwerk.

Klytia.

Welche Verkennung!
Ich, die nur lernte, den Ball zu werfen,
Die Spindel zu drehn, die Leier zu schlagen,
Was wär' ich für deine Kunst?

Praxiteles.

Ihr Gegenstand.

Klytia.

Wie?

Praxiteles.

Denn für mich ist Artemis Klytia,
Und beide sind unzertrennlich, sind gleich, sind eins.

Klytia.

Du wolltest . . . ?

Praxiteles.

      Ich will von dir die hohe Gewährung,
All deinen Zauber getreulich nachzubilden
Und in den Marmor zu bannen deine Gestalt.

Klytia.

Niemals! O niemals!

Praxiteles.

      Ich weiß, ich fordere Großes —
Doch nur für Größeres. Nicht zu dreistem Spiel
Jagt' ich das Blut in deine züchtigen Wangen.
Und doch, du wärst nicht, was ich gestalten will,
Wenn nicht in dir jungfräuliche Sittsamkeit
Sich machtvoll sträubte gegen das Opfer.

Klytia.

      Niemals!

Praxiteles.

Verharrst du bei der Weigrung, dann ist's entschieden.
Dann schreib' auch ich ein kräftiges Niemals
Auf meiner Artemis leerbleibenden Sockel
Und kehre heimwärts nach Athen
Zu meiner unvollendeten Aphrodite.

Klytia (zögernd).

Und auch für diese lebt ein menschliches Urbild?

Praxiteles.

Wie könnt' ich sonst sie schaffen?

Klytia.

Und ist sie schön?

Praxiteles.

Gewiß.

Klytia (verwirrt).

Nie hab' ich zuvor gehört,
Daß man die Götter irdischen Wesen nachformt,
Und kein ephesischer Bildner kennt den Brauch.

Praxiteles.

Selbst Phidias kannt' ihn nicht. Ihm waren die Götter
Noch von den Menschen getrennt durch weite Klüfte.
Erst seinem Jüngergeschlechte wölbte die Schönheit
Als goldene Brücke sich über den Abgrund hin.
Die Götter stiegen herab von ihren Höhn,
Mit uns zu atmen, zu fühlen und sich zu freuen.
Sie wurden menschlich, und einen Vorzug nur
Behielten sie vor erdgeborener Anmut:
Daß ihre Jugend und Schönheit nie verwelkt.
Drum dient den Himmlischen, wer als frommer Bildner
In der vergänglichen Menschenblüte
Das Göttliche schaut und vor dem Welken bewahrt.

Klytia.

Ich würde sterben vor Scham.

Praxiteles.

Und soll dein Reiz

Vergraben werden im Frauengemach, belauert
Von eines Gatten eifersüchtigem Blick,
Soll mählich entschwinden wie eine Sonne,
Die nicht geleuchtet, ein Frühling, der nicht gewärmt?
Nein, das Vollkommne gehört nicht nur sich selbst;
Es eignet allen. Und würde nicht reich vergütet,
Was du mir schenkst, damit ich der Welt es schenke?
Unwandelbar im atmenden Stein
Soll deine Schönheit spätesten Enkeln strahlen:
Sie giebt mir meines Götterbildes Züge,
Und ewige Dauer geb' ich ihr zurück.

Klytia.

O, welche Verwirrung senkst du mir ins Herz!

Praxiteles.

Antworte nicht jetzt! Nicht heut! Erwäg' es gefaßt!
Ich will mich gedulden, wenngleich zwiefach gepeinigt
Von Müßiggang und quälender Ungewißheit.

Klytia.

Laß mich nun gehn.

Praxiteles.

    Und ernsthaft erwäg' auch dies:
Wenn du verneinst, dann zwingst du mich zu scheiden
Nicht nur von einer unverrichteten That,
Nein, auch von dir, o Klytia — auch von dir!
Kaum wag' ich zu denken, was mir schwerer fiele.

Klytia.

Praxiteles, ich ... ich will ...

Praxiteles.

Was ist dir?

Du schwankst — erbleichest ... Klytia!

(Er fängt sie in seinen Armen auf und drückt ihr einen raschen Kuß
auf den Mund.)

Klytia (zitternd und leise).

Bitte, laß mich!

Praxiteles.

Wann werd' ich Antwort empfangen?

Klytia.

Ich weiß es nicht.

(Ab ins Haus des Hegesias.)

Fünfter Auftritt.

Praxiteles. (Dann) Metroboros, Herostrat.

Praxiteles (allein).

O süße Lippen! Ihr seid nicht ungelehrig;
Ihr werdet erwidern, was ihr heut empfingt.
Endymion schlief, als ihn die Göttin küßte.
Ich werde glücklicher sein; ich werde wachen.

(Metroboros und Herostrat erscheinen auf der Schwelle von des
letzteren Haus.)

Metroboros
(zu Herostrat, auf Praxiteles deutend).

Hier ist er. Laß zum mindesten von ihm selber
Bekräftigen, was du mir nicht glauben magst.

(Er geht zu Praxiteles).

Dies war verschwendete Müh', Praxiteles.
Der Eigensinnige hat seit gestern Abend
Bei seiner Arbeit sich verrammelt,
Sogar des Nachts, wie seine Mutter mir klagte,
Sein Lager nicht berührt. Nach vielem Verhandeln
That er mir auf. Jedoch obschon ich beteuert,
Auch deines Wunsches Bote zu sein,
Schlägt er mir's rundweg ab, das festliche Mahl
Mit uns zu teilen.

Herostrat (ist auf der Schwelle stehen geblieben).

Es wäre verfrüht.

Einst kommt die Zeit der Feste wohl auch für mich.

Metrodoros (zu Praxiteles).

Vielleicht bekehrst du seinen verstockten Sinn.
Von einem Wirte, der Metrodoros heißt,
Soll man nicht sagen, er habe sich aufgedrängt.

(Ab in sein Haus, vordere Thür.)

Sechster Auftritt.

Praxiteles. Herostrat. (Später) Zoë, Lysilla, Theonis.

Praxiteles (nähert sich Herostrat).

Ob du beim Fest erscheinen willst, ob nicht,
Es freut mich, meinem Genossen die Hand zu reichen.

Herostrat.

Eh du mich kennst?

Praxiteles.

Ich kenne deinen Beruf;

Drum sollt' ich meinen, wir wären uns nicht fremd.

Herostrat.

Wie leicht es doch die Könige haben,
Bescheiden zu sein!

Praxiteles.

Ich bin kein König.

Herostrat.

Du bist Praxiteles.

Praxiteles.

Du bist Herophant.

Herostrat.

Willst du mich glauben machen, mein Name
Sei dir nicht minder bekannt, als mir der deine?

Praxiteles.

Ja, Herophant.

Herostrat.

Ich nenne mich Herostrat.

Praxiteles (etwas verlegen).

So wollt' ich sagen. Vergieb der irrenden Zunge.

Herostrat.

Sie zeigt dir, was uns scheidet.

Praxiteles.

Uns scheidet nichts,
Was uns verhindern könnte, Freunde zu sein.
Ein Wettstreit ist kein Krieg; wir kämpfen selbander
Im nämlichen Heer. Gleichviel, wer von uns beiden

Mit seinem Gespanne zuerst das Ziel berührt;
Denn beidemal siegt unsre gemeinsame Sache.

(Er bemerkt die drei Mädchen, welche links hinter dem Haus des
Metroboros aufgetreten sind und langsam nach vorn kommen.)

Ei, sieh doch nur! — Was für ein reizender Strauß
Von allerliebsten Blumen! — Wohin, ihr Mädchen?

Zoë.

Zum Hause des Metroboros, schöner Frembling.

Lysilla.

Wir sollen spielen und tanzen bei seinem Gastmahl . . .

Theonis.

Und eines Atheners Aug' und Ohr ergötzen.

Praxiteles.

Das lob' ich mir! Das nenn' ich gute Bewirtung.

(Zu Herostrat.)

Dein Ephesos ist eine gesegnete Stadt!
Man fände fürwahr in ganz Athen
Für eine Gruppe der Charitinnen
Nicht solche verführerische Dreiheit.
Du lebst in köstlicher Fülle, Herostrat!

Theonis (zu Praxiteles).

Wir zittern bereits vor deinem strengen Urteil.

Praxiteles.

Schelmin, du hast mich entwaffnet im voraus!

(Zu Lysilla.)

Auch du, mit deinen Grübchen. (Zu Zoë.) Und du
Mit deinen schlangengleich geringelten Locken.

Ein Glück, daß ich nicht Paris bin!
Denn welcher von euch könnt' ich den Apfel weigern!

Zoë.

Und dennoch bist du Paris.

Praxiteles.

Wie meinst du das?

Zoë.

Frag' Helena!
(Die Mädchen lachend ab ins Haus des Metroboros, vordere Thür.)

Praxiteles (zu Herostrat).

Holdselige Kinder! Wie?

Herostrat.

So heiter und sorglos dich zu sehn erstaunt mich.

Praxiteles.

Weshalb auch nicht?

Herostrat.

Den Tempel erblicktest du gestern
Zum erstenmale?

Praxiteles.

Ja.

Herostrat.

Belastet er dir
Die Seele so wenig?

Praxiteles.

Warum denn sollt' er das?

Heroſtrat.

Dann haſt du wohl des zu beginnenden Werkes
Bisher nicht ernſtlich gedacht?

Praxiteles.

O doch!
Das Werk iſt fertig.

Heroſtrat.

Fertig?

Praxiteles.

Verſteh' mich recht:
Im Geiſte fertig. Denn ſicher erfuhrſt auch du,
Daß alles, alles, was wir vermögen,
Entweder in einem raſchen Augenblick
Uns von der Muſe geſchenkt wird oder niemals.

Heroſtrat.

Jahrhunderte ward gebaut an dieſem Tempel.

Praxiteles.

Jahrhunderte, bis die widerwilligen Quadern
Sich türmten und fügten dem vorbeſtimmten Maß.
Und doch — mit wie beredter Sprache
Verkündet ſeiner gigantiſchen Glieder
Ruhige, freie Geſetzlichkeit,
Daß er im Haupte des erſten Meiſters
Vollendet ward in einer einzigen Nacht! —
Du zweifelſt daran?

Heroſtrat.

Ich? . . . Nein. — Nur ſollſt auch du
Nicht zweifeln, daß ich klar dein Spiel durchſchaue.

Praxiteles.

Mein Spiel?

Herostrat.

Der Eifer, beim Feste mich zu sehn,
Die lauten Beteuerungen deiner Freundschaft
Und nun der trefflich geheuchelte Gleichmut,
Die lächelnde Sicherheit, als wäre für dich
Ein so gewaltiges Unterfangen
Mühloses Getändel, leicht errungener Preis:
Vortäuschen sollten sie mir, wie wenig
Der vielgefeierte Mann den Gegner fürchtet,
Und wie schon jetzt ihn Siegesbewußtsein schwellt!

Praxiteles.

Fürwahr, nie traf mich ungerechterer Argwohn.
Ich merke, du warst bei meiner Ankunft gestern
Nicht hier zugegen; dir wäre sonst bekannt,
Welch triftiger Anlaß mich zu glauben zwingt,
Daß dir der Sieg bestimmt ist.

Herostrat.

Wie?! Du selber ...

Unmöglich! Nein!

Praxiteles.

Du stehst auf heimischer Erde,
Mit jedem Gefühle deines Volks vertraut,
Und seinen eigenen Glauben wird es treulich
Gespiegelt finden in deiner frommen Kunst.
Ich aber verriet sogleich den Ephesiern,
Daß meine Göttin der ihren widerstreitet.

Herostrat (atemlos).

Du willst sie größer formen und wuchtiger?

Praxiteles.

Viel kleiner und völlig frei von drohender Wucht.

Herostrat.

Um schlau zu sparen an Gold und Elfenbein?

Praxiteles.

Ich wähle schlichten Marmor.

Herostrat
(immer weniger seine frohe Enttäuschung verbergend).

Für dies Götterbild?!

Praxiteles.

Für leuchtende Glieder eines schönen Weibes.

Herostrat.

Du scherzest! Ein schönes Weib als Artemis!
Und solche Meinung hättest du gestern
Vor allem Volk zu künden gewagt?

Praxiteles.

Noch mehr:
Ich habe meiner Göttin wandelndes Urbild
Leibhaftig allem Volke gezeigt.

Herostrat.

Ein Weib?

Praxiteles.

Ein herrliches Weib!

Herostrat.

Und Volk und Priester,
Dies nahmen sie ruhig hin?

Praxiteles.

Sie waren entsetzt. —
Nun aber vergieb. In kurzem beginnt das Gastmahl:
Noch fehlt mir der Kranz im Haar und festlich Gewand.

Herostrat.

Sie waren entsetzt — und dennoch willst du das Bildwerk
Nach deinem Sinne vollenden?

Praxiteles.

Wie könnt' ich anders?
(Ab ins Haus des Metrodoros, vordere Thür.)

Siebenter Auftritt.

Herostrat. (Dann) Klytia.

Herostrat
(allein, nach einer kleinen Pause stürmisch ausbrechend).

Ich habe doch nicht geträumt, mich nicht verhört?
Ich ras' und fiebere nicht, bin wach, bin heil!
Hier stand er, hier, und sprach ... O Götter!
O himmlische Labsal! Freudenreiche Gewißheit!
Sieg, Ruhm und Glück ... Und Glück!
(Er eilt zum Haus des Hegesias und ruft hinein.)

Thürhüter — he!
Ruf' Klytia mir! Geschwind! Sag, frohe Botschaft
Scharrt wie ein ungeduldiges Roß
An ihrer Schwelle! — — (Zum Haus des Metrodoros gewandt.)

Ja, nun schmücke dich
Zum Festgelage, Praxiteles!
Auch ich will einen Festtag feiern,
Und einen wonnigeren als du!

Klytia
(kommt, bei seinem Anblick enttäuscht und befangen).

Wie ... Herostrat?

Herostrat (eilt ihr entgegen).

Ja, Klytia, du Geliebte!
Ich bin es,. ich, dein Herostrat; doch nicht
Der grämliche Zweifler, den du gestern sahst
Und ehegestern — nein, erlöst, befreit!
Du sollst mit mir frohlocken, Klytia, sollst
Den rauschenden Jubel meiner Seele teilen ...!

Klytia (zurückweichend).

Was ist dir?

Herostrat.

Heut mit ausgebreiteten Armen
Komm' ich und fordere, was ich längst besaß.
Verdränge nun für eine selige Stunde
Mir Artemis; nun darfst du sie verdrängen,
Weil sie mir dennoch nimmer, nimmer entflieht!

Klytia (mit leichtem Spott).

Nun darf ich sie verdrängen? Ich darf?

Herostrat.

Du sollst es!

Klytia.

Erlaubt sie's wirklich?

Heroſtrat.

Klytia, nun beſitz' ich
Ein unverbrüchliches Zeugnis ihrer Gunſt.

Klytia.

Was machte dich ſo ſicher?

Heroſtrat.

O, höre nur!
Nach ſchier unendlicher Mühſal fand ich geſtern
Die Form, die groß und würdig genug mir ſchien
Für ſolchen Gehalt und ſo erhabenen Standort.
Und jener atheniſche Meiſter — iſt es glaublich? —
Er, den man eigens berief, um mich zu ſchrecken,
Wie meinſt du, daß er die Göttin bilden will,
Die Weltbeherrſcherin? — Als ein ſchönes Weib!

Klytia (höchſt verwirrt).

Ich . . .

Heroſtrat.

Du biſt ſprachlos. Denk! Ein ſchönes Weib,
Nichts weiter! — Eine zierliche Marmorpuppe,
Ein Bildnis niedrer, gemeiner Sterblichkeit
Auf unſrer epheſiſchen Artemis goldnem Thron!
Und eigenwillig verharrt der eitle Fant,
Mißachtend allen gläubigen Widerſpruch,
Bei dieſem Wahnwitz. Klytia, ſage nur:
Erkennſt du nicht hierin ein ſichtbares Zeichen,
Daß unſrer Heimatflur Beſchützerin ſelbſt
Des Fremdlings kleinlichen Sinn verblendete,
Um einzig mir und meiner bewährten Treue
Den immergrünenden Lorbeer zu verleihn?

Klytia (sucht umsonst nach einer Erwiderung).

Herostrat.

Bist du verstummt — im seligen Vorgefühl,
Daß unserer Sehnsucht nun Erfüllung winkt?
Komm, laß uns, Hand in Hand geschmiegt,
Hintreten vor Artemis' Altar! — — (Hohnlachend.) Ein Weib,
Ein schönes Weib! Ha, du bethörter Athener!
Das Volk wird deiner spotten, und wir mit ihm!
(Er will sie an sich ziehen.)
Komm!

Achter Auftritt.

Vorige. Praxiteles.

Praxiteles
(ist, festlich gekleidet, einen Kranz im Haar, aus der vorderen Thür von
Metroboros' Haus getreten und gewahrt Klytia; froh überrascht).

Was erblick' ich? — Nie vergebens gehorcht man
Der inneren Stimme! Nein, ich konnte den Tag
Nicht enden lassen, nicht des Gelags mich freun,
Eh, Klytia, dir noch einmal ich begegnet,
Und nun . . .

Herostrat (zu Praxiteles).
Du kennst sie?

Praxiteles.
Mich, mich fragst du das?

Klytia (zu Praxiteles, flehend).
O still! Er ahnt nicht . . .

Praxiteles.

Ahnt nicht, was ich laut
Vor allen verkündigte?

Herostrat.

Klytia, was ist dies?

Praxiteles.

Soll er's von anderen hören? Soll er glauben,
Ich hätt' es ängstlich ihm allein verhehlt?

Klytia (entschlossen).

Nein, sag ihm alles!

Herostrat (zu Klytia).

Du ... du bist ...?!

Praxiteles (zu Herostrat).

Wär's möglich?
Heut siehst du Klytia nicht zum erstenmal
Und hast nicht selber sogleich erraten,
In welchem Weib ich meine Göttin fand?
Hat Ephesos denn ihresgleichen?

Herostrat.

O Schmach! Untilgbare Schmach! Vor allem Volk
Hast du dich erdreistet ... ihr ins Antlitz ...

(Zu Klytia.)

Und du vernahmst es gestern, vernimmst es heut,
Und nicht mit gellendem Zorngeschrei
Rufst du dem Schändlichen zu, wie schamlos
Er an der Göttin gefrevelt und an dir?

Klytia.

Nein, Herostrat.

Herostrat.

Oh . . . !

Klytia.

Nein, er frevelte nicht.

Herostrat.

Besinne dich, Unselige . . . !

Klytia.

Ja, vernimm:
Ich habe mich besonnen und weiß es nun;
Auch er ist gläubig, und er frevelte nicht.
Wie tobender Sturm erfaßte mich sein Glaube,
Erst mich erschütternd mit jähem Ungestüm,
In Angst mich jagend, zur Gegenwehr mich stachelnd
Und dann fortreißend ohne Wahl.
Groß ist sein Denken und fromm, das weiß ich nun,
Und nicht erniedrigt hat er die Himmlischen;
Er hat sie nur genähert unseren Herzen
Und ihren Olympos weit uns aufgethan.
Ich weiß es nun: mit seinem feurigen Wort
Traf mich kein sengendes Brandmal herber Schmach;
Hoch über dem engen Kreis der irdischen Dinge,
Hoch über die Schwestern hob es mich empor.

Praxiteles (mit leuchtendem Blick, zu Klytia).

Auf mutigen Schwingen überflügelst du
Verwegenste Hoffnung; allem, was mein Auge
Von dir geweissagt, schwebst du kühn voraus.

Ich bin verstanden! Und bin ich auch erhört?
Noch liegt das Schiff im Hafen und wartet mein . . .
Gewährst du mir . . . ?

Herostrat.

Halt ein! Versuche nicht länger
Sie zu beschwatzen; es ist umsonst.
Sie wird dir nichts gewähren; ich duld' es nicht!

Praxiteles.

Mit welchem Recht . . . ?

Herostrat.

Hör', Klytia, was er fragt! —
Mit welchem Recht? Mein ist sie, mein!
Von mir geliebt schon als erblühendes Kind,
Mit scheuen Gluten von mir begehrt,
Nach Jahren bitterer Qual von mir errungen!
Und du, noch kaum aus Ufer gestiegen, fragst,
Mit welchem Recht ich ihr verbieten dürfte . . .

Klytia.

Nichts dürftest du verbieten.

Herostrat (aufschreiend).

Klytia!

Klytia.

Nichts!
Die freie ionische Jungfrau steht vor dir,
Von keiner Fessel gehemmt und keinem Eid.
Vor Monden bekanntest du mir, daß du mich liebst,
Und hättest du damals Ruhm und Artemis

Und Himmel und Welt vergessen um meinetwillen,
Dann war ich dein! —
Doch das bereite Geschenk verschmähtest du;
Stunden und Tage, Wochen und Monde
Warst du nur reich für Artemis, arm für mich:
Frei ließest du mich und willst mir nun gebieten?
Nichts gabest du mir und forderst nun zurück?

Praxiteles
(hat sie unausgesetzt mit gespannter Aufmerksamkeit beobachtet).

Schau, Herostrat, o schau doch! Welche Flut
Von unvergleichlichen Bildern, kaum zu fassen,
Kaum zu bewältigen vom gebannten Blick!
Die Kraft im Schreiten, das aufgerichtete Haupt,
Die trotzige Hoheit dieser flammenden Stirn
Und aller Gebärden holdes Ebenmaß,
Vom Unmut nur entfaltet und nicht zerstört:
So zürnen Göttinnen! — Und du
Warst immer ihr nah; du hast sie werden sehn,
Hast Jahre verschwelgt in solchem Ueberfluß!
Beneidenswerter! O sag, in welchen Gestalten
Hast du sie verherrlicht? Sag, in wieviel Werken
Hast du den seltenen Schatz geprägt? —
Du schweigst? In keinem, keinem? Ich glaub' es nicht.
Doch wenn ich's glaubte, dann fürwahr, dann müßt' ich
Noch einmal fragen, mit welchem Rechte du
Den leuchtenden Hort von Schönheit mir versperrtest,
Den du so lang besessen und nicht genützt!

Herostrat (will Klytia fortziehen).

Komm, Klytia, komm! Dir will ich Rede stehn,
Nicht ihm, dem frechen Athener, der, berauscht

Vom leicht erworbenen, schnell entschwundenen Ruhm,
All seinen Begierden Zaum und Zügel abnimmt
Und Lüsternheit in klingende Worte hüllt.
Ganz bin ich dein; du weißt es. Verlange,
Was immer du willst; mit Freuden schenk' ich es hin
Und leg' es dir zu Füßen . . .

Klytia.

Und sein Geschenk
Willst du mir rauben?

Herostrat (verzweifelt).

Komm!

Klytia.

Durch welche Gaben
Verlockst du mich zu frohem Verzicht?
Durch deinen künftigen Ruhm? Was gilt er mir?
Ich bin ein Weib! Du ringst in keuchender Hast
Nach deines Namens schattenhafter Dauer;
Er aber enthüllte mir ein edleres Los:
Unsterbliche Blüte verheißt er meiner Jugend.

Herostrat.

Bin ich ein Bettler? Ist mein Herzblut
So wohlfeil? Wiegt hingebende Lieb' und Treue
Und Wert und Inhalt eines ganzen Lebens
Nicht der Verführung schmeichelnde Listen auf?
(Zu Praxiteles).
So höre mich du! Laß ab von ihr! Laß ab!
Viel schenkten dir die Götter; entwende nicht
Im Uebermut, was anderen ward gegönnt!
Laß ab!

Praxiteles.

Du redest irre, Freund.
Ein freies, freiheitstolzes Geschöpf —
Wer kann es entwenden wie leblose Beute?
Nein, Klytia selber leitet Klytias Willen,
Und ist ihr Herz dein eigen, so halt' es fest!
Nicht ihre Liebe will ich dir entreißen;
Nur ihre Schönheit forder' ich für die Kunst.

(Zu Klytia.)

Frei bist du, Klytia. Keines Vorwurfs Laut
Soll mir entschlüpfen, wenn die knospende Hoffnung
Geknickt wird von den Händen, die sie pflanzten.
Entscheide! Bevor die Sonne hinabtaucht, schwimmt
Auf hohem Meere dies Fahrzeug . . .

Klytia.

Ohne dich.

Praxiteles (ihr die Hand reichend).

Du hast entschieden. —

Herostrat (außer sich).

Verraten, verhöhnt, verachtet!
Dann bei den Erinnyen . . .

(Er stürzt zur Vorhalle von Hegesias' Haus, ohne daß die beiden es
beachten, und reißt dort einen der zum Verkauf ausgestellten Dolche
von der Wand.)

Praxiteles.

Ja, nun bleib' ich!
Auch hier ist nun Athen.

Herostrat (zurückkehrend; heiser).

Nichtswürdiger,
Entsage dem schmählichen Anschlag!

Praxiteles.

Nimmermehr.

Herostrat
(mit dem gezückten Dolch auf ihn losstürzend).

So stirb!

Klytia
(wirft sich dazwischen, steht schützend vor Praxiteles).

Nein — ich zuvor!

Herostrat (taumelt zurück).

Du liebst ihn! —
(Sich wild aufraffend.)
Und leben soll er und mich verlachen? Nein!
(Er will von neuem auf Praxiteles eindringen.)

Praxiteles (vortretend).

Hier bin ich, Herostrat! Wenn dies der Ruhm ist,
Nach dem du geizest, so töte mich;
Gieb den Hellenen dies Schauspiel deiner Ohnmacht!
Sie werden sagen, du habest mich ermordet,
Weil mich zu besiegen dir die Kraft gefehlt.

Herostrat (vernichtet).

Oh! — — (Der Dolch entsinkt ihm; er steht wie erstarrt.)

Praxiteles
(stützt sanft die zitternde Klytia und geleitet sie zu ihrer Thür).

Laß ihn allein und fürchte nichts für mich.
Er ist entwaffnet.

Klytia (an der Thür, beunruhigt).

Doch . . .

Praxiteles (mit Betonung).

Und morgen?

Klytia (leise).

Ja. (Ab.)

(Im Hause des Metrodoros beginnt Zither= und Flötenspiel und währt fort bis zum Schluß des Aufzugs.)

Praxiteles (wieder nach vorn kommend).

Das heitere Fest hob an. — O lausche doch,
Du Sinnberaubter, und schöpfe Linderung!
Die Welt ist nicht so bitter, wie du wähnst.
Wer schmiedet sein Herz an eines Weibes Treue?
Umarme das Leben! Es betrügt dich nicht.
Entrunzle deine Stirn; bekränze dein Haar!
Bei süßem Wein und süßerer Augenweide
Laß uns des Ruhmes spotten!

Herostrat (tonlos).

Des Ruhms kann spotten, wer ihn besitzt.
(Mit gebietender Handbewegung.)

So geh! —

(Praxiteles geht achselzuckend ins Haus des Metrodoros, vordere Thür.)

Neunter Auftritt.

Herostrat (allein).

Herostrat (hebt seine Arme zum Gebet empor).

Artemis, Herrscherin, lichtumstrahlte.
Du wirst halten, was du versprochen,

Bist kein wankelmütiges Weib.
Räche den Treubruch! Räche dich selbst!
Gieb mir Kraft,
Dich zu verherrlichen, sie zu bestrafen!
Gieb mir Ruhm, glücklosen Ruhm!
Spende mir Leben
Ueber des Lebens Elend hinaus!

———

Vierter Aufzug.

Der Seiteneingang von Metroboros' Haus ist nun von einem Vorhang
bedeckt. Davor Marmorstücke; auf einem derselben Werkzeuge, ein
Hammer u. s. w.

Erster Auftritt.

Kallias, Diokles (und andere) Bürger, Zoë, Lysilla (kommen
allmählich, neugierig spähend, hinter dem Haus des Metroboros hervor.
Später) Eupeithes, Herostrat.

Diokles
(auf die Seitenthür deutend, zu Kallias).

Dort hinterm Vorhang, sagst du?

Kallias.

Ja, dort steht es;
Ich bürge dafür.

Diokles (zu den Nachkommenden).

Dort hinterm Vorhang. —
Und seht, hier liegen die Marmorkrusten.
Aus denen er den sauberen Kern geschält.

Lysilla (sich dem Vorhang nähernd).

Ich möchte wohl spähn . . .

Zoë.

Und ihre Züge trägt es?

Kallias.

Ihr gleichen soll es genau.

Zoë.

Die Glückliche!

Diokles.

Das wäre doch seltsam — dieses Bild im Tempel!
Anstößig ist und bleibt es.

Kallias.

Ei, warum?

Diokles.

Gebt acht, die Priester werden es nicht erlauben.

Kallias.

Sie fügten sich immer, wenn's nicht anders ging.

Diokles.

So könntest du beten zu der Marmorgöttin,
Obgleich du weißt . . .

Kallias.

Man muß es versuchen, dünkt mich.
Den andern Hellenen sind wir längst ein Spott.
Sie nennen uns halbe Perser und Barbaren.
Ihr solltet nur hören, was ich oft gehört,
Wenn ich zum Markt fuhr nach Korinth,
Um Purpur zu verkaufen. Wenn die Korinther

Zu schönen Weibern beten, warum nicht wir?
Fortschreiten muß man; vor der neuen Göttin
Hätt' ich geringere Furcht als vor der alten.

Diokles.

Das wohl. Nur bleibt es bedenklich.

Mehrere.

Sehr bedenklich.

Lysilla (mit Zoë und anderen am Vorhang).

Auch nicht die kleinste Ritze!

Zoë.

Mut, Lysilla!
Laß uns den Vorhang leise verschieben,
Nur einen Finger breit!
(Eupeithes ist mit Herostrat hinter dessen Haus hervor aufgetreten.)

Eupeithes (die Gruppe anherrschend).

Ihr dort, was sucht ihr?
Geht eures Weges!

Mehrere (erschrocken).

Der Oberpriester!
(Kallias, Diokles, Zoë, Lysilla und die Bürger gehen zögernd ab, teils
links vorn, teils nach dem Hintergrund links).

Zweiter Auftritt.

Eupeithes. Herostrat.

Eupeithes.

Neugieriges Volk! Das kreist wie schwärmende Mücken
Um jedes Irrlicht. — Herostrat,

Im heiligen Krieg, den man mir aufgezwungen,
Bist wahrlich du mein stärkster Bundesgenoß.
Nur hätt' ich lieber statt der thönernen Form,
Die du mir eben gezeigt, das fertige Standbild
Im Schmucke von Gold und Elfenbein erblickt.

Herostrat.

Der Tag ist nicht mehr fern . . .

Eupeithes.

             Ich hoff' es, und rühmend
Erkenn' ich deinen unablässigen Fleiß;
Doch heute früh that jener athenische Gaukler
An seinem Bilde den letzten Meißelschlag.

Herostrat.

Unmöglich!

Eupeithes.

    Es ist verbürgt.

Herostrat (höhnisch).

           Nun, um so besser!

Eupeithes.

Ein Sklave des Metrodoros sprach's herum.

Herostrat.

Die Zahl der Wochen, seitdem er kam,
Noch übertrifft sie kaum die Zahl der Jahre,
Die mir entschwanden im Banne der gleichen That,
Und heute bereits wirft er den Meißel hin
Und ist mit sich zufrieden!

Eupeithes.

Bedenke nur:
Sein Bildwerk prangt vollendet, das deine nicht.
Die leicht bestimmbare Menge, schon gespornt
Von üppiger Neugier und im Glauben wankend,
Sieht nun zuerst, was wohlgefällig
Mit weichlicher Schönheit ihren Sinnen schmeichelt!
Wird sie dem Gifte widerstehn?
Wirst du, nachhinkend mit verspätetem Heiltrank,
Zum Geiste strenger Sittsamkeit,
Zur schauernden Ehrfurcht sie zurückgewöhnen?
Im Ueberkommenen wurzelt meine Macht.
Weh dir und mir, weh unserer Göttin,
Wenn ungehindert jener verhaßte Fremdling
Den Boden, auf dem wir fußen, untergräbt!

Herostrat.

Die Göttin wird es verhindern! Zweifelst du?
Ihr wurde die Macht, sich selber zu beschützen,
Und wir sind unbesieglich in ihrem Schutz.
Auf Menschen zu hoffen wurde mir vergällt;
Ihr aber vertrau' ich, und sie wird's belohnen.

Eupeithes.

Gewiß; doch sie vertraut auch dir.
Gar leicht mit einem zündenden Wetterstrahl
Kann sie das ruchlose Bild zerschmettern;
Doch zur Vollstreckung ihres Willens
Erwählt sie manchmal einen irdischen Arm.

Herostrat.

Du meinst . . . ?

Eupeithes.

Ich meine: Wenn heute von ungefähr
Der Marmor deines Nebenbuhlers
In Trümmern würde gefunden, dann unfehlbar
Könnt' ich das eingeschüchterte Volk bereden,
Hier habe gewaltet göttliches Strafgericht.

Herostrat (ihn messend).

Du bist sehr klug. — Mir aber wird Artemis
Durch reinere Waffen besseren Sieg verleihn.

Eupeithes.

Sie wird es. Nur mißachte den Gegner nicht;
Er bleibt gefährlich, und immer am liebsten helfen
Die Götter dem Frommen, der sich selber hilft.
Solch günstiger Augenblick — wann kommt er wieder?
Die Sonne neigt sich hinab; der Tempelbezirk
Ruht menschenleer — und dort im einsamen Raume
Das feindliche Bild! —

Herostrat.

Versuche mich nicht!

Eupeithes.

Der Meister
Verschloß es hinter geschmeidigem Vorhang nur.
Und schau, wie thöricht sorgenlos
Er mancherlei Werkzeug hier zurückgelassen.
Auch einen schweren Hammer. (Er ergreift und wiegt ihn.)

Herostrat.

Versuche mich nicht!

Eupeithes.

Noch weilt er gemächlich fern. Ich traf ihn zuvor
Im heiligen Hain, lustwandelnd und heiter scherzend
Mit jenem Weibe . . .

Herostrat (auffahrend).

Mit ihr?

Eupeithes.

Der Auserwählten,
Die wohl zum Dank für ihre Vergöttlichung
Elysion ihm bereitet schon auf Erden.

Herostrat.

Gieb mir den Hammer!

Eupeithes
(hat sich den Hammer willig entreißen lassen).

Du glühst in edlem Zorn.
Vertilge das Reich der Schönheit! Stürze sie
Vom angemaßten Thron! — Ich gehe zur Stadt
Und warte der Botschaft, die mein Herz erleichtert.

(Ab vorn links.)

Dritter Auftritt.

Herostrat. (Dann) Timarete.

Herostrat (allein).

Nun zahl' ich heim!

(Er eilt mit geschwungenem Hammer auf den Vorhang zu und reißt
ihn zurück. An der Schwelle bleibt er plötzlich wie angedonnert stehen,
von dem Eindruck dessen, was er sieht, vollkommen überwältigt und

erdrückt. So steht er eine Weile regungslos, den Hammer nach wie vor in der erhobenen Hand; dann weicht er langsam nach rückwärts, die Augen stets auf die gleiche Stelle wie auf eine überirdische Erscheinung gerichtet. Er stammelt.)

Ich . . . ich . . . dort . . .

(Ein Schauder durchrieselt seinen ganzen Körper. Endlich, schwer atmend, wendet er, wie um sich mit Gewalt in die Wirklichkeit zurück= zurufen, den Kopf und gewahrt Timarete, welche einen Augenblick vorher mit ihren tastenden Schritten aus dem kleinen Hause getreten ist. Ohne den Hammer loszulassen, schwankt er ihr entgegen und ruft verzweifelt.)

Mutter!

Timarete.

Mein Sohn?

Herostrat
(faßt sie krampfhaft bei der Hand).

Mutter, sie liebt mich nicht!
Sie liebt nur ihn!

Timarete.

Vergiß doch endlich die Falsche!

Herostrat.

Mutter, die Göttin auch! Sie liebt nur ihn!
Die Göttin auch! —

Timarete.

Was sprichst du?

Herostrat.

Dort ihr Bild . . .
Dort Klytias Bild — und mehr als Klytia doch! —
O könntest du sehn! O wär' ich blind wie du!
Ich wollt' es zertrümmern, Mutter, und nun
Zertrümmert es mich.

Timarete.

Du rasest!

Herostrat.

Nein, ich will
So thun, als hätt' ich es nie gesehn! (Er eilt wieder hin.) Hinweg,
Hinweg, du Blendwerk! (Er zieht den Vorhang zu.)
Und dennoch — ich seh's auch jetzt!
Es haftet in meinen Augen, ewig, ewig,
Und all mein Wirken versinkt vor ihm in Staub.

Timarete.

Kleinmütiger! Nur du selber strebst
Dich zu erniedrigen. Richte dich empor
Am unerschütterten Glauben deiner Mutter!
Du bist geliebt von Artemis, du allein,
Und würdest du tausendmal es leugnen:
Dir winkt der Preis. Glaub deiner blinden Mutter:
Dein Werk ist groß und echt.

Herostrat.

Haha, mein Werk!
Die lachende Frucht endloser Müh' und Qual,
Mein großes, herrliches, unvergängliches Werk —
Ich will zu ihm! (Er eilt, den Hammer in der Hand, in sein Haus.)

(Es hat während dieses Auftrittes zu dämmern begonnen. Hegesias,
begleitet von zwei Sklaven, welche brennende Fackeln tragen, ist aus
dem Tempel getreten und hat Herostrats Forteilen bemerkt. Er giebt
den Sklaven eine Weisung; diese stecken die Fackeln auf die beiden
Fackelständer und gehen dann ab ins Haus des Hegesias.)

Vierter Auftritt.

Timarete. Hegesias. (Zuletzt) Praxiteles, Klytia.

Timarete

(glaubt weiter zu Herostrat zu sprechen, dessen Abgang sie nicht wahr-
genommen hat).

Ja, sein erhebender Anblick
Wird schneller dich trösten als mein schwaches Wort.
Mit rühriger Hand verscheuch' die lähmende Trübsal!
Mir sagt es das Herz, dein Morgen schwebt herauf:
Nach langem Dunkel nimmergetrübte Klarheit.

Hegesias

(ist nach vorn gekommen, hat das letzte gehört).

Sprichst du mit deinem Sohne? Der lief ins Haus.

Timarete (erfreut).

So hat ihn beflügelt neue Schöpferlust!

Hegesias.

Ach, eitle Mutter! Beflügelt! Mußt' er fliegen?
War's nötig? Besaß er nicht zwei grade Füße?
Die hätten ihn weit genug gebracht.
Wer fliegt, kann stürzen. Denke des Ikaros
Und fürchte das Unheil, das du selbst gestiftet.

Timarete.

Wer Unheil stiftete, frag dein Enkelkind!

Hegesias.

Beim Hermes, wär' er hübsch am Boden geblieben,
Der Nahrung ihm gab, sie wäre heut sein Weib

Und er mein Erbe; das alte Holzbild stünde,
Von seiner löblichen Kunst verjüngt,
Noch manch Jahrhundert vor zufriedenen Vetern;
Nie wäre Praxiteles dem Schiff entstiegen,
Und ich — ich sähe die Stütze meines Alters
Als Beute nicht in seiner lockeren Hand.

Timarete.

So traure denn; uns aber beklage nimmer!
Aus Niederungen empor, ist unser Wahlspruch,
Und jener wäre nicht mein Sohn,
Wenn er in Lüften bereuend abwärts blickte.
(Sie geht ins Haus zurück.)

Hegesias (allein).

Je nun, ich werde mein Gold noch einmal zählen.
Schon viermal zählt' ich es heut. — (Er geht langsam nach hinten.)
(Praxiteles und Klytia kommen von rechts vorn.)

Klytia (im Auftreten).

Bald wird es Nacht. —
Behutsam, Geliebter! Du könntest straucheln.
Gieb mir die Hand. Ich kenne die Stufen besser. —
(Sie steigen herab.)
So mit dir weiterziehn durch nächtliches Dunkel,
Durch Wogen und Stürme bis ans Ende der Welt!

Hegesias
(hat, an seiner Thür angelangt, sich umgewendet und Klytias letzte
Worte gehört; seufzend, für sich).
Ich bin allein. — (Ab.)

Fünfter Auftritt.

Praxiteles. Klytia. (Zunehmende Dunkelheit; dann Mondschein.)

Praxiteles.

    Dort, wo mit goldenen Rändern
Das scheidende Licht die fernen Wolken säumt,
Dort liegt Athen.

Klytia (ihm den Kopf wendend).

    O, nicht ins Weite soll
Dein Auge sich verlieren; ich ruf' es heim
Zum nahen Besitz. Ein Leuchten, von dir entfacht,
Wirst du gewahren, glühender noch als jenes
Und nicht erbleichend im Schatten der Dämmerung.
Versinke der Tag! Uns bleibt sein hoher Gewinn:
Mich grüßte mein verklärtes Abbild
In letzter Vollendung, ach, so wundersam,
Daß ihm zu gleichen ich nimmer wähnen darf;
Und dennoch zeugt es von mir und meinem Glück!
Dann, als du heitren Sinnes im traulichen Hain
Ausruhend mir zur Seite schrittest
Und leise den Arm um meine Schulter schlangst,
Da scholl ein Jubel in mir: Seht, all ihr Blumen,
Ihr Büsche, lautere Quellen, bunte Falter!
Mich, die der herrliche Freund zu großem Vollbringen
Gewählt, mich wählt er auch zu seliger Rast.

Praxiteles.

Warum dort, wo der überhängende Fels
Sich moosumsponnen erhebt, zogst du mich jählings
Hinweg, die Wangen getaucht in tiefe Glut?

Klytia (die Augen niederschlagend).

Dort hab' ich vormals gerne verweilt.

Praxiteles.

Und nun?

Klytia.

Der moosige Fels umschließt die Grotte des Pan.
Ihr mich zu nähern verwirkt' ich nun das Recht,
Und wenn ich es wagte, zittern müßt' ich dann
Vorm klagenden Ton der Syrinx.

Praxiteles (sie leicht an sich ziehend).

Du Geliebte!

Klytia.

Doch meine Seele wehklagt nicht!
Ihr schlummerndes Klingen hast du wachgeküßt,
Und bräutliche Lieder durchrauschen ihre Saiten.
Was war ich, ehe du kamst? Hab' ich gelebt?
Sehnsucht und Trotz und Lachen und kindische Pein,
Sie lösten sich ab als wesenlose Träume,
Und rings die Menschen, sogar die nächstvertrauten,
Sie kamen, gingen und waren mir so fremd!
Du hast der schwankenden Bilder Wert und Sinn,
Hast mich mir selber gedeutet; alle Rätsel
Entschwanden, und alle Wunder sproßten auf! —
Vergieb, wenn von des einen Gefühles Flut
In Worten ich überströme. Kann das Meer,
Das brandende, selbst sich dämmen? Schließ mir eilends
Den zu geschwätzigen Mund!

Praxiteles (küßt sie).

Klytia.

So kühl und sanft?
Du bist ermüdet, Liebster? Du möchtest ruhn?
Da schwebt auch schon auf ihrem Sichelwagen
Vorzeitig Artemis herauf und schielt
Verstohlen durchs Laub nach ihrem steinernen Gleichnis.

(Sie lüftet den Vorhang ein wenig, so daß der Mondstrahl in den Raum
fallen kann.)

Hier, Göttin! Schuf der Meister es dir zu Dank?

Praxiteles
(hat sich auf eines der Marmorstücke gesetzt).

Nein, öffne nicht! Was dort in Schatten sich hüllte,
Liegt abgeschlossen hinter mir
Und ist mit diesem Tage zugleich versunken.

Klytia.

Wie? Nun es wahrhaft erst zu leben beginnt?

Praxiteles.

Für andere wohl; für mich ist's abgethan.

Klytia.

Und wenn es die Menschen bezwingt, mit Sturmgewalten
Auch Widerstrebende mitreißt, wenn umrauscht
Von Festgesängen es durch die Tempelpforten
Einzieht ins neue, dauernde Heim . . .

Praxiteles.

O still!
Dies wäre für mich ein allzu matter Nachklang
Des Festes, das ich genoß bei seinem Werden.
Nun bringe mein Gastfreund die geerntete Frucht

Selbst in die Scheuer und sorge für Lärm und Weihrauch!
Ich habe geschlürft aus überschäumenden Bechern;
Die Neige begehr' ich nicht.

Klytia
(setzt sich neben ihn, sich anschmiegend).

So warst du nie.
Mir bangt, Praxiteles. Diesen Abend meint' ich
In stolzer, schwelgender Freude dich zu schaun ...

Praxiteles.

Ach, Klytia, Wehmut quillt aus jedem Scheiden.

Klytia.

Scheiden?!

Praxiteles.

Ich schied von einer vollbrachten That,
Und einem Müßigen kehrt die Sonne wieder,
Die dort hinabstieg — dort!

Klytia.

Was sucht dein Blick
Am finsteren Horizont?

Praxiteles.

Er sucht Athen.

Klytia.

Du sagtest mir einst, Athen sei nun auch hier.

Praxiteles.

O, würdest du's nur kennen!

Klytia.

So einzig ist es?

Praxiteles.

Jegliche Stunde, ferne von ihm gelebt,
Ist ein vergeudeter Schatz; mit seinen Mauern
Umschließt es die Welt; wer seine Thore verläßt,
Geht in Verbannung. Unergründliche Zauber
Durchweben die Lüfte; süßen Atem verströmen
Viel tausend Veilchen und spiegeln des Himmels Blau.
Im ewigen Frühlingshauch genest der Kranke;
Der Müde wird frisch, der Lässige flink und feurig.
Den Neugeborenen grüßt mit erstem Licht
Allgegenwärtige Schönheit, spornt den Knaben,
Läßt schneller den Jüngling reifen, gießt ihr Füllhorn
Verschwendend in des rüstigen Mannes Werktag,
Erhält dem Greise die Jugend, schmückt sein Grab.

Klytia.

O, wär' ich dort mit dir!

Praxiteles (fortfahrend).

Inmitten
Von duftigen Gärten ragt ein schlichtes Haus
Mit weiter Säulenhalle — verlassen jetzt,
Doch sonst erdröhnend von emsigen Hammerschlägen:
Mein Haus. Da schlummern im rohen Marmor
Zukünft'ge Gestalten, meines Weckrufs harrend ..
Und Heimweh, brennendes Heimweh fällt mich an,
Heimweh nach meinen ungeschaffenen Göttern.

Klytia (rasch).

Nach deiner Aphrodite?

Praxiteles.

Nach ihr zumeist.

Klytia (aufspringend).

Du liebst sie noch?!

Praxiteles (erhebt sich).

Ich liebte sie stets. Und du?
Liebst du die schaumgeborene Kypris nicht?

Klytia (bebend).

Und jenes Weib — ihr menschliches Urbild ... Sie,
Sie wartet deiner!

Praxiteles.

Jenes Weib?

Klytia.

Ihr gilt dein Heimweh!

Praxiteles (mit leichtem Schmerz).

Thörichte Klytia!

Klytia.

Bekenne mir doch: in ihr liebst du die Göttin,
Wie mich du liebtest! Ich war dir Artemis;
Zugleich mit Artemis bin ich dir versunken!
Du warst mir alles, und alles gab ich dir;
Nimm auch mein Leben! Streu mein zuckendes Herz
Als Opfer zu Füßen deiner Aphrodite!

Praxiteles.

Ist dies noch Klytia? Dies die freie Genossin,
Die meinen Glauben geteilt, mein Ziel erkannt,

Dem innern Gebote kühnen Gehorsam zollend?
Mich hast du geliebt und nicht auch, was untrennbar
Mit meinem Wesen verschmilzt wie Geist mit Körper?
Willst du's in eifersüchtige Fesseln schmieden,
Die Sonnengefilde der Schönheit mir umgittern,
Den thätigen Arm einschnüren in harten Zwang?

Klytia.

Nein, nein, verzeih mir! O verzeih!
Ich war von Sinnen. Du sollst nie wieder fragen,
Ob ich noch Klytia bin — o niemals wieder!
Kein Hemmnis, keine lähmende Fessel
Sei meine Liebe dir. Dein schaffender Arm
Gehört der Welt, und ich — ich bleibe
Vor allen irdischen Frauen hochbegnadet,
Wenn mir dein Herz gehört. Ich weiß es,
Nie wirst du jene lieben wie mich, ihr nie
Dein Innerstes anvertraun. Auch wenn sie schön ist,
Viel schöner als ich; auch wenn du Tag um Tag
Aus ihren Zügen die neue Göttin bildest,
Ich werde sie drum nicht hassen, nicht beneiden,
Sofern ich am Abend nur dein müdes Haupt
Einwiegen darf, die gleiche Luft
Nur atmen wie du, nur treuen Fußes dir folgen,
Wohin dein Weg dich führt.

Praxiteles.
                Das wolltest du?
Klytia.

Wo immer du weilen magst, ich will den Ort
Die Heimat nennen, und gliche dein Athen

Der Wüste, ja, dem schreckenden Tartaros,
Mir würd' es lieblich und hold erscheinen
Und himmelentsprossen, weil's dir teuer ist.
Geleite mich übers Meer! Ich will das Antlitz
Nicht rückwärts wenden zur verblauenden Küste
Von Ephesos.

Praxiteles.

Bedenk' es . . . !

Klytia.

Ich hab's bedacht.

Praxiteles.

Ich gehe sogleich zum Hafen, bevor der Wächter
Die Ruhstatt sucht. Denn zuverlässige Kunde
Will ich erlangen, ob etwa morgen ein Schiff
Die Segel entfaltet zur Fahrt nach Attika.

Klytia (erschreckt).

Schon morgen!

Praxiteles.

Du zitterst?

Klytia.

Nein!

Praxiteles.

Bedenk' es reiflich!
Nicht jede Blume gedeiht in fremdem Erdreich.
Hier ist dein Boden; er lieh dir Kraft und Schmelz;
Du haftest darin mit unsichtbaren Fasern:
Einmal zerschnitten, werden sie nimmer heil.

Klytia.

Doch! Doch!

Praxiteles.

Was machte dich beben?

Klytia.

Nicht die Trennung
Vom Vaterland. — Hier warest du mein, ganz mein;
Dort bist du's nicht mehr. Bittre Notwendigkeit! —
Und morgen schon? So schnell! — O säume, Geliebter,
Nur eine Woche, nur einen armen Tag!
Nein! Thu' es nicht! Du würdest in meinem Arm
Doch an Athen nur denken und Aphrodite.
Die Ferne verschönt. Ja, morgen! Ich folge dir.
Ich werde bescheiden sein; ich werde lernen
Vorlieb zu nehmen, dankbar alles empfangen,
Was du mir gönnest. Ich will dein weites Haus
Beschirmen, will den duftigen Garten pflegen
Als Dienerin, Sklavin ... Ist es so dir recht?

Praxiteles.

Du Gute! Wie tief bin ich in deiner Schuld!
Und möchtest nur immerfort mich überhäufen
Aus deines Herzens unerschöpflicher Fülle.
Was war mir Ephesos ohne dich!
Du hast es gestaltet zum Gipfel meines Lebens.
O, daß man nicht den eiligen Sonnenlauf
Rückdämmen kann, des Rausches köstlicher Stunde
Nicht Halt gebieten! Der kommende Tag
Pocht an die Pforten und heischt sein Königsrecht.
Was mag sein zugefalteter Mantel bergen?

Wir wissen es nicht. Drum laß uns fest umklammern
Das unantastbare Gut: Erinnerung!
Und wie das marmorne Bild im Wechsel dauert,
So wird ein Denkmal zeugen in unsrer Brust
Von trauter, seliger Zeit. — — Ich geh' zum Hafen.

Klytia.

Wann kehrest du wieder?

Praxiteles.

Bald.

Klytia.

Und bringe mir Botschaft!
Sobald du mich rufst, bin ich bereit zur Fahrt.

Praxiteles.

Noch einmal umschlinge mich!

Klytia.

Noch tausendmal!
(Umarmung. Er reißt sich schnell los und geht ab hinten links.)

Sechster Auftritt.

Klytia. (Dann) Herostrat.

Klytia
(allein, setzt sich wieder auf eines der Marmorstücke).

Du schmeichelnder Nachtwind, kühle mir die Wangen,
Doch nimmer das Herz! Es freut sich seiner Glut.
Durch meine Locken streife! So wähn' ich fast,
Es seien die zärtlichen Finger des Geliebten.

Küsse mich, Nachtwind! Laß mich seinen Odem
Spüren in jedem Hauch, und ihn den meinen!
Du spielest Hymnen zu seinem Preis
Auf unsichtbaren Saiten; unzählige Stimmen
Rufst du wach im schwanken Gezweig,
In biegsamen Halmen, leichtgekräuselten Fluten —
Und alle flüstern von ihm! —

Herostrat

(ist, den Hammer in der Hand, aus seiner Thür getreten. Seine Züge
sind verzerrt, sein Atem keuchend. Er geht mit unsicheren Schritten
nach links).

Klytia
(bemerkt ihn und springt heftig erschrocken auf).

Wer dort?

(Ihn erkennend.)

Was willst du hier?

Herostrat.

Bist du es, du Vielgetreue?

Hältst du hier Wacht?

Klytia (entsetzt über sein Aussehen).

O! —

Herostrat.

Zitterst du wiederum

Für deinen Buhlen? Sei unbesorgt!
Ich will nur rückerstatten, was ihm gehört.
Da! Gieb's ihm wieder! (Er hält ihr den Hammer hin.)

Klytia.

Was soll das?! Dieser Hammer...

Herostrat.

Mit diesem Hammer des Praxiteles
Hab' ich zurstund' mein eigenes Werk zerschlagen.

(Er wirft ihn hin.)

Klytia.

Das hast du gethan?!

Herostrat.

In hundert Stücke zerschlagen.

Klytia.

Warum?

Herostrat.

Haha, wie schnell das ging,
Wie lustig und leicht! Und jetzt bin ich am Ziel.
Es hat sich verlohnt; nicht wahr, es hat sich verlohnt?

Klytia.

Ihr Götter!

Herostrat.

Ja, dies unvergleichliche Ziel
Ward nicht zu teuer erkauft! — Dafür
Von einem Gedanken beherrscht seit frühester Kindheit;
Dafür in stetigen Martern Jahr um Jahr
Hingebend gerungen, verzweifelnd aufgestöhnt;
Dafür die Jugend geopfert, den Genuß
Ingrimmig vertrieben, die Freude fortgepeitscht,
Dafür das Glück von meiner Schwelle gestoßen,
Um endlich, endlich zu fühlen, wer ich bin:
Elender Pygmäe, klägliche Maulwurfsbrut,
Die Kleinheit hassend und doch unfähig zur Größe;

Mich windend als Wurm, der Adlerfittiche träumt,
Von einem Riesen zertreten und obendrein
Verdammt von meinem eigenen Hohngelächter!

Klytia
(mit einem unwillkürlichen Blick nach dem Vorhang).

Du saheſt . . .

Heroſtrat.

Ich ſah, wofür du mich verrieteſt.
Und wahrlich, in dieſem Treubruch lag Vernunft!
Noch ſpäte Geſchlechter werden Dank dir wiſſen;
Sie fragen ja nicht, wieviele Grauſamkeit,
Wieviel Betrug und Tücke vorausgeſchritten,
Eh das Bewunderungswürdige kam zur Welt.
Sie fragen auch nicht, wieviel verblutende Leiber
Die Siegesbahn bezeichnen, und wenn ich heut
Mich ſelbſt wie ein mißratenes Werk zertrümmre,
Dann bin ich vertilgt bis auf den letzten Reſt.
Nichts, nichts bleibt übrig, nicht die kärglichſte Spur
Vom heißen, redlichen Kampfe dieſer Bruſt:
In Jammer gelebt und ausgelöſcht, vergeſſen! —

Klytia (mit wahrer Teilnahme).

Wie krank du biſt! Ich möchte dich gerne heilen.
That ich dir Schlimmes, mit Willen that ich's nicht.
Dein unerbittlichſter Feind wohnt in dir ſelbſt:
Verjag' ihn und lebe mutig fort! Denn wär' es
Ein tödlicher Schmerz, der Größte nicht zu ſein,
Dann müßten alle bis auf den einen
Sich in Verzweiflung ſtürzen, ſtatt ihn zu lieben.
O Heroſtrat, wenn du den bohrenden Neid

Recht mit der Wurzel aus deinem Herzen rissest,
Glaub mir, du würdest noch einmal jung und froh.

Herostrat.

Und wenn ich es thäte, dann . . .

Klytia.

O, thu's!

Herostrat.

Ich will
Ihm gönnen Sieg und Ruhm und ewige Dauer
Des Namens, will mich beugen, beugen
Ins Joch der schnöden Vergänglichkeit,
Wenn sie mich tröstet mit betäubender Lust.
Ihm alle Kronen der Welt; nur du sei mein!
Verruchte, nur du! Dich lieb' ich in Haß und Abscheu
Verzehrender noch als 2c. Sei mein! Im Taumel,
Im üppigen Rausch laß mich die Tage vergeuden,
An deiner schwellenden Brust den Augenblick
Für ewig halten! Sei mein und führe mich eilends
Zum Feste der Jugend, das ich Thor versäumt!

Klytia
(zurückweichend, mit langsamem Kopfschütteln).

Ich kann es nicht.

Herostrat.

Verblendete, nun so treu?
Und glaubst, er werd' es vergelten, glaubst, er habe
Dich jemals geliebt wie ich? Du warest mir
Das einzige Weib auf Erden; bist du's ihm?
Bist du für ihn Errettung, Leben und Licht,

Ihm unentbehrlicher als des Herzens Schlag?
Würd' er um deinetwillen künftigen Ruhm
Hinopfern, um deinetwillen für immer
Verzichten auf seine Kunst?

Klytia.

Er würd' es nicht.

Herostrat.

Und dennoch . . . !

Klytia.

Ich lieb' ihn.

Herostrat.

Auch wenn er dich mißachtet . . .

Klytia.

Ich lieb' ihn.

Herostrat.

Auch wenn er dich verläßt . . .

Klytia.

Ich lieb' ihn.

Herostrat.

Weib, jage mich nicht in Wahnsinn! Einen Funken
Von Hoffnung, daß ich mit dem spärlichen Strahl
Mein Dasein friste! — Bedenk, bald wird der Abgott
Von hinnen eilen; du bleibst allein zurück,
Und mählich aus deiner Bezauberung
Erwachend, wirst du nach verzeihender Liebe
Den Arm ausstrecken . . .

Klytia.

Ich folg' ihm nach Athen.

Herostrat (aufschreiend).

Nein!

Klytia.

Tief beklag' ich dein Los und kann's nicht mildern.
Verachte, verabscheu' mich; nichts Besseres hab' ich
Um dich verdient. Ich muß ihm folgen; ich muß.

Herostrat (mit schrillem Lachen).

O herrliche Welt! Dem einen alles, alles,
Mir nichts, auch nicht die Krumen von seiner Tafel.
Kein Blütenstäubchen von seinem vollen Strauß!
Verteilt die große, waltende Göttin
So ihre Gaben? Und ich, ich blöder Narr
Hab' ihrer Gerechtigkeit vertraut, auch sie
Mit hundertfältig tieferer Inbrunst
Geliebt als er! An ihre Verherrlichung
Setzt' ich mein Leben; mir schien für sie kein Bildnis
Erhaben genug; er aber, er hat mit Recht
Ihr deine Gestalt verliehn; ein Weib nur ist sie,
So falsch und treulos und gleisnerisch wie du.
Fluch ihr! Sie hat mich geprellt, mich um das Glück
Arglistig betrogen. Rache! Rache!

Klytia.

Halt ein, du Rasender!

Herostrat.

Meinen Anteil will ich,
Den vorenthaltenen Anteil! Hörst du, Göttin?

Gieb ihn heraus! Ich winsele nicht mehr drum;
Aus deiner geballten Hand will ich ihn reißen.
Wähnst du, mir fehle die Kraft, weil du sie weigerst?
Wähnst du, dich schütze dein weltberühmtes Obdach,
Weil ich in seinem Schatten verkümmert bin?
Wer nicht zu schaffen vermag, der kann zerstören.

Klytia.

Entsetzen!

Herostrat.

Fürwahr, Entsetzen der ganzen Menschheit —
Auch das ist Ruhm. Fortleben in ihrem Schauder,
Wenn nicht in ihrer Bewunderung — auch das
Ist Ewigkeit! In einer einzigen Nacht
Entsprang das Wunder der Welt dem Haupte des Meisters;
In einer einzigen Nacht will ich es schmücken
Mit feurigem Glanze. Hörst du, Lügengöttin?
Dein täuschender Prunk soll eine Fackel werden,
Die meinen Namen grell erleuchtet
Durch die Jahrhunderte hin!

Klytia (sich ihm in den Weg werfend).

Bleib!

Herostrat.

Laß mich!

Klytia (sucht ihn festzuhalten).

Nein! —

Zu Hilfe!

Herostrat (sie beiseite stoßend).

Fort! Halt' mich nicht auf!
Nun kenn' ich den Weg in die Unsterblichkeit!

(Er stürzt nach dem Hintergrund, reißt aus einem der Fackelstander die
brennende Fackel und eilt damit die Stufen hinauf in den Tempel, die
Thür hinter sich schließend.)

Siebenter Auftritt.

Klytia. (Gleich darauf) Timarete. (Später) Kallias, Diokles,
Bürger, Volk, Metroboros, Hegesias, Eupeithes.

Klytia
(außer sich, nach rechts eilend, laut).

Zu Hilfe! Mutter — Mutter Timarete!
Graunvolles Verhängnis! Schnell! Ruf' ihn zurück!
Mutter!

Timarete (aus dem Hause tretend).

Wer nannte mich Mutter?

Klytia (atemlos).

O frag nicht! Ruf' ihn!

Timarete.

Du bist es?! Und hast gewagt . . .

Klytia.

Dein Sohn — im Wahnwitz . . .

Timarete.

Was kümmert dich mein Sohn? Hinweg!

Klytia.

Nur du kannst retten! An einem Augenblick
Hängt Unermeßliches! Eile!

Timarete.

Wohin?

Klytia.

Zum Tempel!

Er rast! Er will ihn vernichten!

Timarete.

Du selber rasest.
Mein Sohn vernichten, was ihm das Heiligste?
Vernichten, wofür sein Vater starb, wofür
Er flammende Liebe sog an meiner Brust?
Das mag dir glauben, wer will — nicht seine Mutter.

Klytia.

Weh dir, Bethörte ...

(Aus dem Dach des Tempels steigt Rauch auf.)

Timarete.

Mein Sohn ist an der Arbeit,
Die stetigen Nachruhm ihm gewähren soll.
Hinweg!

Klytia (ihre Kniee umklammernd).

Zu deinen Füßen beschwör' ich dich ...

Timarete

Hinweg von meiner Schwelle!

(Im Hintergrund links sind mehrere Bürger aufgetreten, darunter Kallias, Diokles.)

Kallias.

Was für ein Qualm!

(Eine Flamme schlägt aus dem Dach.)

Klytia (es bemerkend).

O Grausen, es ist zu spät.

Mehrere (laut durcheinander).

Der Tempel brennt!
Der Tempel brennt! (Wachsender Tumult.)

Timarete.

Was schreien sie durch die Nacht?

Klytia.

Der Tempel brennt!

Timarete.

Sie lügen.

Klytia.

Das that dein Sohn.

Timarete.

Du lügst, ihn zu verderben.

Klytia.

Unglückliche,
Dir hab' ich's vertraut — kein anderer soll's erfahren.

(Die Feuersbrunst nimmt fortwährend zu; bald steht das ganze Dach
in Flammen)

Viele.

Löscht! Rettet! Helft!

Andere

(sind die Stufen hinaufgeeilt, rütteln an der Thür).

Die Thüren verriegelt! Sprengt!

Timarete (ruhig, unbeweglich).

Das that mein Sohn nicht.

Geschrei.

Wehe! Wehe!

(Die Menschenmenge schwillt rasch an, schließlich die ganze Bühne füllend. Kurz nacheinander Eupeithes von links vorn, Hegesias und Metrodoros aus ihren Häusern. Allgemeine Verwirrung; alles rennt schreiend, händeringend durcheinander.)

Viele.

Bringt Leitern, Aexte!

Eupeithes.

In Flammen das Heiligtum!

Schlagt Lärm!

Hegesias.

Das Ende der Welt!

Klythia.

Praxiteles!

Wo ist er?

(Sie drängt sich durch und verschwindet im Hintergrund.)

Metrodoros.

O Schreckensnacht! In blutiger Lohe
Geht unter, was ohnegleichen auf dem Erdkreis.

(Langgezogene Trompetenstöße hinter der Bühne.)

Volk.

Wehe! Wehe! Wir sind verloren!

Vom Himmel regnete Feuer! Göttlicher Zorn
Will uns verschlingen!

Metrodoros (mit erhobener Stimme).

Was jammert ihr?
Das ist nicht göttlicher Zorn, ist eines Menschen
Ruchloses Verbrechen, unerhörte Schandthat!
Das hat begangen ein Feind von Ephesos,
Neidisch auf unsere Größe. Sucht ihn!

Volk (in furchtbarer Wut).

Sucht ihn!
Schleppt ihn zum Tod! Reißt ihn in Stücke!

(Nach wiederholten Axthieben gegen die Flügelthür des Tempels hat
sie, auseinandergesprengt, sich weit aufgethan. Im Thürrahmen erscheint
Herostrat, rußgeschwärzt und mit wirrem Haar, die brennende Fackel in
der erhobenen Hand. Entsetzt von seinem Anblick weichen alle für einen
Moment zurück.)

Herostrat
(eilt die Stufen herab nach vorn, die Fackel in wildem Triumphe
schwingend).

Sucht ihr den Thäter? Ihr sollt ihn kennen.
Ich, Herostrat von Ephesos —
Grabt ein den Namen in euer Gedächtnis! —
Ich, Herostrat, ich hab' es vollbracht
Und rühme mich meiner gewaltigen That.

(Allgemeiner Aufschrei. Im Nu wird er von Wütenden umringt und
festgenommen. Timarete, die bisher stolz aufgerichtet im Vordergrund
gestanden, ist bei seinen Worten lautlos zusammengebrochen. Das Dach
des Tempels stürzt krachend ein. Der Vorhang fällt.)

Fünfter Aufzug.

Eine Halle von geringer Tiefe. Links vorn eine große, rechts vorn eine kleinere Thür. Im Hintergrund gewährt eine Säulenstellung mit weiten Zwischenräumen und niederer Brustwehr freien Ausblick. Man erkennt an einzelnen Mastspitzen den unmittelbar an den Fuß des Gebäudes grenzenden Hafen; dahinter, von der Morgensonne beschienen, die noch rauchenden Trümmer des in Seitenfront gesehenen Tempels. Links, um eine Stufe erhöht, die Sitze des Gerichtes. Rechts eine Holzbank.

Erster Auftritt.

Herostrat (gefesselt, liegt schlafend auf dem Boden, das Haupt gegen die Holzbank gelehnt. Ab und zu hallen von links her gedämpfte Rufe des Volkes. Von außen wird ein schwerer Riegel geräuschvoll von der linken Thür zurückgeschoben). Metrodoros (tritt ein, gefolgt von einem) Bewaffneten.

Metrodoros (mit einem forschenden Blick).

Er scheint zu schlafen.

Bewaffneter.

Er fiel alsbald in Schlummer,
Nachdem wir, gegen des Volks maßlose Wut
Ankämpfend, ihn hier in Sicherheit gebracht.

Metrodoros.

Hat er zu fliehen versucht?

Bewaffneter.

Er folgte willig.

Metrodoros.

Seltsam! Vielleicht, um eure Wachsamkeit
Zu täuschen . . .

Bewaffneter.

Es wär' umsonst.
(Nach dem Hintergrund zeigend.)

Da drunten umspülen
Die tiefen Wasser des Hafens das Gemäuer . . .

Metrodoros
(nachdem er hinabgesehen, auf die Thür rechts weisend).

Und diese Thüre?

Bewaffneter.

Verschlossen und bewacht.

Herostrat (träumend).

Für alle Zeiten . . . unwandelbar . . .

Metrodoros.

Er träumt. —
(Neue Rufe.)

Kaum ist die Menge zu bändigen. Zwar mit Fug
Verlangt sie schnelles Gericht; jedoch den Richtern
Versperrt ihr undurchdringlich Gewoge den Zutritt.
Schafft freie Bahn! Ich bleibe.

Bewaffneter.

Wie du befiehlst. (Ab links.)

Metrodoros (geht zu Herostrat).

Erwache! Der Morgen ist da.

Herostrat (noch mit geschlossenen Augen).

Der Morgen . . .

Metrodoros.

Erwache!

Herostrat (die Augen aufschlagend).

Wer rief: der Morgen ist da? Warst du's?
(Sich mit Behagen dehnend.) Erquickend
War meine Rast. O, das hat wohlgethan.
Zum ersten Male seit undenklicher Frist
Sich auszuschlafen, nicht gerüttelt von Sorgen
Um das Gelingen am nächsten Tag! Wie sanft
Ruht man auf einem vollendeten Werk!

Metrodoros.

Du träumst
Noch immer.

Herostrat
(hat sich erhoben, sieht nach dem Tempel).

O nein, im Lichte der jungen Sonne
Prüf' ich mein Werk mit unbestechlichem Blick
Und bin zufrieden: es zeiht mich keiner Halbheit.

Metrodoros.

Wahnsinniger, lausche hinab! Das ganze Volk
Schreit deinen Namen im Aufruhr.

Herostrat (mit leuchtenden Augen).

Meinen Namen —
Das ganze Volk! Ich wußt' es.

Metrodoros.

Du stehst in kurzem
Vor deinen Richtern.

Heroſtrat.

Furchtlos erwart' ich ſie.

Metrodoros.

Willſt du dein Herz erleichtern?

Heroſtrat.

Vor dir? Du würdeſt
Mich nicht verſtehn.

Metrodoros.

Ich, Metrodoros,
Ich, deſſen allbewunderte Weisheit
Die ſchwerſten Rätſel gelöſt!

Heroſtrat.

Du dauerſt mich.
Dein größter Bewunderer biſt du ſelbſt. Vergehen
Wird deine Weisheit, vergehn wird dein Gedächtnis.
Bläh' dich nur auf, bis deine flüchtigen Tage
Einmünden in der dunklen Vergeſſenheit
Strandloſes Meer!

Metrodoros.

Auch ich, Verlorener, zähle
Zu deinen Richtern.

Heroſtrat.

Ich tauſche nicht mit dir.

Zweiter Auftritt.

Herostrat. Metrodoros. Thrason (ein rüstiger Greis, und drei andere) Richter (kommen mit feierlichen Schritten durch die Thür links). Zwei Bewaffnete (folgen ihnen und stellen sich zu beiden Seiten der Thür auf).

Metrodoros.

Sie nahn.

(Die Richter nehmen schweigend ihre Sitze ein; Thrason den in der Mitte; der vorderste bleibt frei für Metrodoros.)

Metrodoros (zu seinem Sitze gehend).

Ehrwürdiger Thrason, sei gegrüßt.

Thrason (nachdem er schweigend gedankt).

Noch nie zuvor an unser heiliges Amt,
Das Recht zu schirmen und Schuldige zu strafen,
Sind wir geschritten, erfüllt von solcher Trauer.
Seit unsere Väter diese Stadt gegründet,
Hat oft erschütternde Not und Kriegestoben
Sie heimgesucht; doch niemals hallte sie wider
Von solchem gellenden Weheruf wie heut,
Und bald wird mächtig wachsende Klageflut
Einschließen alle Völker der weiten Erde.
Das Wunder, zu dem vom fernsten Rande der Welt
Die Menschen pilgerten, das Barbarenwildheit
Mit göttlichen Schauern überwältigte,
Das selbst der länderverheerende Xerxes,
Von Rührung und staunender Scheu besiegt, verschonte —
Nun liegt's in Schutt und Asche durch Frevlerhand,
Und diese verruchte That — wir fassen's kaum —
Ein Sohn von Ephesos, unseres Stamms und Blutes,
Unmenschlicher als der mordbegierige Todfeind,

Hat sie verübt! O, könnten wir's verneinen,
Der unauslöschlichen Schmach entgehn, daß hier,
In unserer Mitte, solch ein Greuel reifte! —
Du aber, du hast dich selbst dazu bekannt.

Herostrat.

Noch einmal bekenn' ich laut vor meinen Richtern:
Ich hab' es gethan.

Thrason.

      Wer hat dich angestiftet?

Herostrat.

Niemand.

Thrason.

      Kein anderer wußte darum?

Herostrat.

                Kein andrer.
Ich that es allein, und ich bereu' es nicht.

Thrason.

So sprich: Aus welchem Grunde, mit welcher Absicht
Hast du dein Haupt beladen mit ewigem Fluch?

Herostrat.

Gleichviel, warum — ich hafte dafür
Mit diesem Haupte. Was fragt ihr mich noch länger?
Nehmt hin mein Leben und sühnt, was ich beging.

Thrason.

So sprächest du nicht, wenn du's vertreten könntest.

Herostrat.

Ich werd' es vertreten!

Thrason.

Vor wem, wenn nicht vor uns,
Vor deinen Richtern?

Herostrat (mit einem Blick nach oben).

Vor der Göttin.

Thrason.

Daß du so grenzenlos an ihr gefrevelt?

Herostrat.

Ja; denn ich habe sie grenzenlos geliebt.

Thrason.

Willst du noch höhnen? Den Grund! Nenn uns den Grund
Für dein Verbrechen!

Herostrat.

Im Angesicht des Todes
Ziemt Schweigsamkeit.

(Thrason giebt den Bewaffneten einen Wink; sie öffnen die Thür. In
dieser erscheint Timarete, welche einer der Bewaffneten vor die Richter
geleitet.)

Dritter Auftritt.

Vorige. Timarete.

Herostrat
(bei ihrem Anblick zusammenfahrend, leise).

O! —

Thrason.

Kennst du dieses Weib?

Herostrat.

Dies Weib ist meine Mutter.

Timarete
(sehr bleich, doch mit angespannter Willenskraft sich völlig beherrschend;
tonlos).

Ich bin's.

Thrason.

Du weißt,
O Timarete, weshalb du hier erschienst?

Timarete.

Ich weiß es.

Thrason.

Vermagst du seine Schreckensthat
Zu deuten?

Timarete.

Ihr hohen Richter, glaubt ihm nicht!
Falsch hat er im Fieberwahn sich selbst beschuldigt.

Thrason.

Wie wolltest du dies erhärten?

Timarete.

Durch den Geist,
Den er von mir empfangen. Sein erster Blick
Fiel auf den Tempel; ich sang an seiner Wiege

Von Artemis und ihrem strahlenden Haus;
Er streckte die Händchen sehnsuchtvoll zum Giebel
Und jauchzte vor Lust, wenn zärtliches Morgenrot
In Purpurglanz ihn hüllte. Mein Aug' erlosch;
In seinem erwachten Auge fand ich's wieder,
Und wie der Gärtner im anvertrauten Beet
Das Wachstum einer einzigen selt'nen Blume
Vor allen anderen hegt, so pflanzt' auch ich
Ihm einen Wunsch nur in die treibende Seele:
Mit unseres Heimatlandes höchstem Stolz
Ruhmvoll den eigenen Namen zu verflechten.
Dies war bis gestern die Wurzel seines Lebens,
Und nun der Ernte die Saat entgegenschwoll,
Nun hätt' er sie vernichtet, zugleich mit allem,
Was teuer ihm galt und heilig? Glaubt ihr dies?
Laßt mich ihn fragen und hört, ob er vor mir
So schwächlichen Trug zu wiederholen wagt?
Antworte, mein Sohn: Hast du die That begangen?

Herostrat.

Ja, Mutter.

Timarete (schreiend).

Es ist nicht wahr!

Herostrat.

Doch, Mutter, doch!
Ich habe sie begangen, und du allein
Wirst mich begreifen.

(Ein Bewaffneter ist herzugeeilt, um der wankenden Timarete
beizuspringen.)

Timarete (ihn abwehrend).

Was stützt ihr mich? Laßt ab!
Noch bin ich aufrecht.

Herostrat.

In deinem Geist geschah's.
Frohlocke, Mutter! Dein Hoffen ist erfüllt.
„Gewähre mir Ruhm", so hießest du den Knaben
Zur Göttin stammeln; sie hat ihn mir gewährt,
Zwar nicht freiwillig; doch sie erlag dem Zwang.
Verflochten mit ihrem Tempel unzertrennlich
Ist nun mein Name. Vernimmst du, wie dröhnend er schallt
Von tausend Lippen? Er fliegt von Mund zu Munde
Rings durch die Welt und schwebt aus rauchenden Trümmern
Zur Ewigkeit.

Thrason.

Das also bestimmte dich?
Ohnmächtiger Thor, dann hast du weit gefehlt.
Die Kunde von deiner That wird untergehn
Mit ihren Spuren; denn aus den Trümmern dort
Wird bald ein neuer Tempel sich uns erheben.

Herostrat.

Ja, klein und zahm und halbgeschaffen wie ihr,
Ein zierliches Wohnhaus für das Marmorweib;
Doch nicht mehr das gewaltige Heiligtum
Gigantischer Ahnen, das die schwachen Enkel
Als mahnendes Erbtum blendet und zermalmt.
Die alte Größe, schon längst in euch gestorben,
In ihrem Vermächtnis starb sie diese Nacht.

Ich habe sie getötet und lebe fort
Als ihr Vernichter.

Thrason.

Wir werden deinen Traum
Vereiteln!

Herostrat.

Ihr könnt es nicht!

Thrason.

- Dein Name sei
Aus aller Menschen Erinnerung ausgemerzt!

Herostrat.

Ihr könnt es nicht!

Thrason.

Wir werden durch ein Gesetz
Jedweden, der ihn fürder ausspricht,
Mit schwerster Strafe bedrohn.

Alle Richter.

Mit Todesstrafe!

Herostrat.

Vergeblich Mühn!
Erst fesselt die Winde, hemmt die Meereswogen
Und breitet euer Gesetz vom Reich der Skythen
Bis zu den Säulen des Herakles!
Mich könnt ihr töten, doch meinen Namen nicht;
Auf unzerstörbare Tafeln grub ich ihn

Mit Flammenschrift, und wenn von euerem Sein
Selbst die verfallenen Gräber nicht mehr zeugen,
Wenn euere Stadt vertilgt ist und vermodert,
Dann werden die Menschen, meines Werks gedenkend,
Noch sprechen von Herostrat!

Metrodoros.

Mit Ekel und Abscheu!

Herostrat.

Mutter, bist du nicht stolz auf deinen Sohn?

Timarete.

Nie warest du mein Sohn — und stünde dein Vater
Noch einmal auf, er stieße dich fort wie ich!
Mir Wunden bohrend in die eigene Brust,
Reiß' ich die Liebe zu dir aus meinem Herzen
Wie giftiges Unkraut!

Herostrat.

Mutter! —

Timarete.

Wenn darum nur
Der Knabe, den ich gepflegt in Sorgen und Thränen,
Zum Manne gedieh, dann fluch' ich nun der Stunde,
In der ich ihn geboren!

Herostrat.

So ruf' ich mit!
Fluch dieser Stunde! Weshalb verbanntest du
Mich in die Welt, erwecktest in mir den Durst

Nach großen Thaten, schürtest in meiner Seele
Den wilden, heißen, unbezähmbaren Drang,
Zum goldenen Aether emporzusteigen,
Und gabst mir keine Schwingen? — O hättest du nie
Dies Leben voll Pein und Jammer mir geschenkt!
Dann müßt' ich es nicht, von deinem Mund verflucht,
Nun von mir schleudern als unleidliche Bürde!

Timarete (zu den Richtern).

So strafet auch mich! So führt auch mich zum Richtplatz!
Ihr hörtet, mein Sohn klagt mich der Mitschuld an,
Und keine Schonung verdien' ich.

Thrason (ergriffen).

Geh in Frieden!

Herostrat.

Vergieb mir, Mutter! Vergieb!

Timarete.

Ich will's versuchen
In meiner Todesstunde.

Herostrat.

Vergieb!

Timarete.

Mein Kind!

(Sie macht einen Schritt ihm entgegen. Er stürzt vor ihr nieder.
Sie legt ihm die Hand aufs Haupt.)

Thrason.

Bringt sie hinweg!

Timarete.

Niemand soll mich geleiten!
Den Pfad ins Dunkel find' ich allein!

(Sie schreitet langsam hinaus.)

Vierter Auftritt.

Vorige (ohne Timarete).

Thrason.

Nun deines Verbrechens Kern vor uns enthüllt ist,
Beklagen wir edler Kräfte tiefen Fall.
Du hast dich selbst gerichtet, und wir vollstrecken
Nur deinen eigenen unbarmherzigen Spruch. — —
Wir schreiten zum Urteil.

(Auf einen Wink der Bewaffneten sind zwei Sklaven aufgetreten. Der
eine trägt eine metallene Urne, welche er vor Thrason niederstellt; der
andere verteilt an die Richter je einen schwarzen und einen weißen
Stein. Dann entfernen sie sich wieder. Nach der durch diesen Vorgang
ausgefüllten Pause erhebt sich Thrason.)

Eure Stimmen, Richter!

(Er wirft zuerst seinen Stein in die Urne. Alle Richter treten hinzu
und thun desgleichen; darauf nehmen sie ihre Sitze wieder ein. Thrason,
nachdem er die Urne sorgfältig geleert und die Steine gezählt hat,
feierlich.)

Mit allen Stimmen des Todes schuldig. —

(Zu Herostrat, welcher unbeweglich geblieben ist.)

Hegst du noch einen Wunsch?

- 154 -

Herostrat.

                          Laßt meine Mutter
Nicht meine That entgelten.

Thrason.

                          Es ist gewährt.
Wir alle verbürgen uns für ihren Schutz. —
Bereite dich zu sterben. —

Herostrat.

                          Ich bin bereit.

(Thrason, Metrodoros und die übrigen Richter gehen ab links; die Be=
waffneten folgen; man hört den Riegel von außen zuschieben.)

Fünfter Auftritt.

Herostrat. (Dann) Klytia.

Herostrat (allein).

Wie bin ich müde! Wie schwer die Augenlider! —
Der Schlaf ist nur ein flüchtiger Freund. Er tröstet,
Um zu enttäuschen, betäubt, um aufzuschrecken,
Diensteifrig im Glück und geizend in der Not.
Dich grüß' ich, seinen treueren Zwillingsbruder!
Wen du mit kräftigen Armen eingewiegt,
Den hütest du sorglich vor unsanftem Weckruf
Und reichst ihm kühlenden Trank aus Lethe's Strom.

(Vor der Thür rechts Geräusch von Stimmen. Er horcht auf.)

Dein Fuß schon auf der Schwelle? (Sich aufrichtend.)

Sei mir willkommen!

(Die Thür ist aufgeschlossen worden. Klytia tritt rasch ein.)

Du, Klytia, bei dem Todgeweihten? Du?!
Weshalb?

Klytia.

Um dich zu retten!

Herostrat.

Das willst du jetzt?!

Klytia.

Du sollst nicht sterben.

Herostrat.

Zu spät!

Klytia.

Du darfst es nicht!
Ich habe dir Schmerz bereitet ohne Willen,
Und nicht verhindern konnt' ich das Schreckliche,
Das nun auch lastet auf mir; doch ich vermag
Vom Tode dich zu wahren und will's.

Herostrat.

Umsonst!

Klytia.

Ein Sklave des Hegesias, mir ergeben,

Bewacht die Thür. Verlockt von meinem Gelöbnis,
Ihn freizulassen, begünstigt er die Flucht
Und wird uns folgen.

Herostrat.

Wohin?

Klytia.

Die Stufen hinab,
Ins leichte Boot, das an die Mauer gekettet
Dort unserer harrt und schnell zum Schiff uns trägt.

Herostrat.

Und dieses Schiff . . .

Klytia.

Es lichtet sogleich den Anker.
Drum zögere nicht!

Herostrat.

So fährt es nach Athen?

Klytia.

Komm!

Herostrat (grimmig lachend).

Trefflich ersonnen! Der Held Praxiteles
Entführt sein Liebchen; und mich, damit der Schatten
Des blutigen Opfers nicht das Fest euch trübe,
Mich nehmt ihr mit?

Klytia.

Um dich zu retten!

Herostrat.

Wie liebreich,
Daß er's gestattet!

Klytia.

Er kennt nicht meinen Plan.
Seit frühestem Tagesgrauen den Aufbruch rüstend,
Umringt von Sklaven, wie hätt' er Muße gefunden
Für ein vertrauliches Wort? Doch eine Botin
Schick' ich zum Strand ihm entgegen und bin gewiß,
Er billigt mein Beginnen.

Herostrat.

Und ich verwerf' es.

Klytia.

Die einzige Rettung ... Tobendes Volk ringsum.
Kein anderer Weg ist frei. Dies Schiff allein
Verläßt den Hafen ...

Herostrat.

Und Rettung nennst du das?
Ich, der Verachtungswürdige, Fluchbeladne,
Der Ausgestoßene bei den Glücklichen!

Klytia.

Es gilt dein Leben!

Herostrat.

Das wäre schlimmer Tod.
Die Rettung erwart' ich hier!

Klytia.

Die Stunde drängt .
O höre mich an! Auch mich — ich folg' ihm nicht
Als Ebenbürtige — nur ihm dienen will ich,
Nur ihn umweben mit bescheidener Liebe
Und nichts begehren für mich.

Herostrat.

So spricht ein Weib.
Geh hin und folge dem Halbgott; dien' ihm treu!
Glückauf zur sonnigen Liebesfahrt, glückauf!
Ich habe gewählt, wie du.

Klytia.

Den Untergang!

Herostrat.

Ja.

Klytia.

Meine Kraft erschöpft' ich; die Zeit verrinnt . .

Herostrat.

So eile!

Klytia.

Zum letztenmal . . .

Theonis (von außen).

Ich muß hinein!

Klytia (schnell).

Das ist Theonis. Um Nachricht bat ich sie.
Von ihm ist sie gesendet.

(Sie öffnet die Thür rechts und ruft hinaus.)

Sie kommt als Botin,
Vertraut mit unserem Spiel. — Tritt ein, Theonis!

(Theonis durch die Thür rechts, mit einem Körbchen voll Rosen.)

Sechster Auftritt.

Vorige. Theonis.

Klytia (ihr entgegen).

Du sprachest ihn?

Theonis.

Ja, Herrin.

Klytia.

Er spornt zur Eile,
Nicht wahr?

Theonis (verlegen).

Nein, Herrin, mein Auftrag lautet anders.

Klytia.

So rede doch nur!

Theonis (stockt).

Ich . . .

(Rufe vom Hafen her.)

Klytia.

Welch ein Lärmen dort?

Theonis.

Sie winken ihm nach und rufen Heil zum Abschied.

Klytia.

Sie winken . . . sie rufen . . . das Schiff . . .

Theonis.

Es fuhr hinaus.

Klytia.

Und er . . . Praxiteles . . .
Ich will zu ihm!

Theonis.

Unmöglich! Schon gleitet das Fahrzeug
Im offenen Strom.

Klytia (stürzt nach hinten, sieht hinaus).

Dort . . . fern . . . ein Segel.
(Mit lautem Schrei.)
Praxiteles — oh! (Sie bricht zusammen.)

Herostrat (vor sich hin).

Das schmerzt; ich weiß es wohl.

Theonis

(hat ihr Körbchen rasch auf die Bank gestellt und ist zu ihr geeilt).

Ach, Holde, warum ward ich dazu bestimmt,
Dir solches Leid zu bringen? Das Lieblichste
Hätt' ich dir gern verkündigt.

Klytia (sich langsam aufrichtend).

          Er ging allein —
Mich ließ er zurück. Nicht wahr, so sagtest du?
Die Bettler am Hafen streifte noch sein Lächeln,
Und mir, die gestern er noch am Herzen hielt,
Kein Lebewohl, kein letzter Kuß . . .
So konnt' er von mir scheiden!

Theonis.

          Er schied nicht lächelnd;
Nein, feuchten Auges und mit bewegter Stimme
Sprach er zu mir: „Kind, wenn die Taue gelöst
Und ich entschwunden, dann hurtig erreiche sie!
Sag ihr, das innigste Glück, das je mir ward,
Sie hab' es mir gegeben, und nimmer werde
Mein Dank erlöschen vor meinem letzten Hauch.
Sag ihr, wenn Glück allein und süßes Vergessen
Gebieten dürfte dem Mann, so hätt' ich nie
Mich losgerissen von ihr, wie nun ich muß,
Der höheren Pflicht unwillig eingedenk.
Sag ihr, daß heftige Wunden leichter heilen
Als heimlicher Gram im hoffnungslosen Kampfe
Mit unseres Schicksals unbeugsamer Macht.
Dies sag' ihr, und alle Rosen in deinem Körbchen

Laß ihr zu Füßen mit stumm beredtem Gruß
Verzeihung erflehn für mich und Segen für sie.“

Klytia.

Fort! Fort mit deinen Rosen! Sie hauchen Gift.
Zerpflücke, zertritt sie all, und wenn sie stöhnen,
Meld’ ihnen den Gruß von dem, der mich zertrat!
Er sah mich blühen; drum hat er mich gebrochen.
Ich hab’ ihn geliebt; drum warf er mich hinweg.

Herostrat.

Er ist ein Gott; so lohnen Götter die Liebe!

Klytia.

Fort mit den Rosen!

Theonis.

Ich soll . . . ?

Klytia.

Nein, gutes Mädchen,
Zerpflücke sie nicht; sie sterben ja so bald.
Trag sie zum Ufer und weit verstreue sie
Hin über die Flut, dort, wo zwei schwindende Furchen
Den Weg verraten meines entwichnen Glücks.

Theonis
(hat das Körbchen wieder aufgenommen).

Ich thu’, was du gebietest! O könnt’ ich mehr. (Ab rechts.)

Siebenter Auftritt.

Herostrat. Klytia.

Klytia.

Nun sind die Rosen dahin und alle Blüten
Im heiligen Hain verwelkt. Frühling, fahr wohl! —
Und dennoch, er hatte recht. Was war ich ihm?
Ein Bild von vielen Bildern. Er durfte nicht
Bei mir verweilen; er kam und schritt vorüber,
Die Welt mit Schönheit füllend und mich zerstörend.

Herostrat (mit wildem Hohn).

Was forderst du noch von ihm? Gab er dir nicht,
Wonach du mit Sehnsucht strebtest: ewige Jugend?
Nun ward uns beiden der heißeste Wunsch gewährt.
In unverwelklicher Blüte wirst du prangen;
Mit göttlichen Ehren wird dein Ebenbild
Einziehen in den neuerstandenen Tempel,
Und meinen Namen wälzt die schauernde Woge
Den fernsten Geschlechtern unvergänglich zu.
Das Leben war Folter; doch es leuchtet nach:
Statt niederen Erdenglücks Unsterblichkeit!

Klytia (verzückt horchend).

Still! Hörtest du nicht? Das war die traute Stimme!
Ich hab' es gewußt, er kann nicht von mir scheiden.
Laut über die Wasser ruft er: Folge mir! —
Ich komme, Praxiteles — ich komme!

(Sie springt über die Brustwehr hinab.)

Heroſtrat (hinzu eilend).

Klytia!

(Durch die Thür links ſind Bewaffnete eingetreten und ſchreiten langſam
auf ihn zu; er geht ihnen entgegen.)

Führt mich zum Tod! Ich lache ſeiner.
Ich bin unſterblich! Ich bin unſterblich! —